敖鲁古雅风情

刘云山

敖鲁古雅的鄂温克族是中国最后一个狩猎部落,是中国唯一饲养驯鹿的少数民族。二十世纪五十年代以前,鄂温克猎民仍然保持着原始社会末期的生产、生活方式,吃兽肉,穿兽皮,住的是冬不防寒、夏不避雨的「撮罗子」,以饲养驯鹿为生。

敖鲁古雅风情

刘云山

1984年版 《敖鲁古雅风情》

兴安日出

敦魯古雅

鄂温克族猎民在原始森林里狩猎期间的住房——"撮罗子"。

1981年秋，作者作为新华社记者在敖鲁古雅采访，与鄂温克猎民促膝交谈。▶

驯鹿体高个大、性情十分温顺且身体灵活,适合林间穿行,能驮动一百五六十斤东西。猎民出猎时靠它驮运猎物,转场时妇女和小孩靠它乘骑。孩子们骑在它背上玩耍也十分有趣。

1981年秋,作者(中)同当年一起去猎乡采访的新华社记者杨慎和(左)、《内蒙古画报》记者方正(右)在林间。

驯鹿奶是很好的饮料,含有丰富的蛋白质和脂肪,猎民妇女每天一大早就开始了紧张的挤奶劳动。

敖鲁古雅

再版前言

猎乡新貌　郭伟忠摄

前不久,内蒙古人民出版社社长王东生写信来,说要再版我八十年代初写的一本小册子《敖鲁古雅风情》,征求我的意见。说来也巧,也就是半年前,以创作演唱"吉祥三宝"而一炮走红全国的鄂温克旗歌手布仁巴雅尔,也曾给我来信,说他到敖鲁古雅采风,想创作一台反映鄂温克猎

驯鹿

民生产生活的歌舞,在查找有关参考资料时得知我曾经写过一本专门介绍鄂温克猎民风土人情的书,可他在内蒙古四处寻找都未如愿,最后还是在国家图书馆的版本库中找到一本样书,他说这是他见到的迄今为止介绍鄂温克猎民情况最翔实的资料,有很高的史料价值,建议能再版重印。

说真的,三十年前的一本很不起眼的小书,在我的记忆中已经淡忘。不过,他们的提议倒勾起我一段难忘的回忆。

那是一九八一年的秋天,我在新华社内蒙古分社做记者。那时正值党的十一届三中全会之后不久,刚刚从"文革"阴影中走出来的中国到处生机盎然。为配合有关部门研究和了解民族地区的工作,搞清全国人口较少的少数民族的现状,我接受了关于鄂温克猎民情况的调研任务。鄂温克猎民是鄂温克族的一部分,居住在大兴安岭深处,以狩猎和饲养驯鹿为生,总共只有一百多人。解放以后政府专门成立了敖鲁古雅鄂温克自治乡，隶属于呼伦贝尔盟的额尔古纳左旗。

当时的交通很不方便，从呼和浩特到那里，要坐火车绕道北京、沈阳、哈尔滨、齐齐哈尔，三天后在大兴安岭上的牙克石换乘森林小火车，又要足足一天的时间才可到达。

九月初正是大兴安岭最好的季节，猎民们都进山放鹿采秋去了，乡政府所在地的敖鲁古雅定居点静悄悄的看不到人。乡里两位乡长亲自出马带我们进了密林深处的狩猎点。常年居住生活在深山老林的鄂温克猎民十分好客，只要山外来一个客人，就成了山林里的大新闻，散居在四处狩猎点上的猎民都会聚集在一起欢迎客人。

进了山自然就要和猎民们同吃同住，当然也少不了参加一些力所能及的劳动。但更多的时间是跟猎民们交流，听他们介绍情况。几天下来，我们和猎民们便打得火热，他们有什么心窝子里的话都愿意往外掏。从鄂温克民族的历史讲到大兴安岭的风物，从当时的生产生活讲到对未来的

今日猎乡　郭伟忠摄

希望憧憬，从风俗习惯讲到衣食住行……凡是能想到的几乎无所不及无所不谈。

我把采访来的主要素材，写成一组反映敖鲁古雅猎民生产生活现状的调查报告刊登在新华社的内部参考，受到有关方面和内蒙古自治区领导的重视，猎民们生产生活中的一些困难很快便得到解决。而采访中的一些"边角下料"则加工成十几篇小文章，陆续发表在一些报刊上。内蒙古人民出版社资深编辑黄彦看到这些文章说有点意思，后来经他提议，就汇集在一起冠以《敖鲁古雅风情》的书名出版了。

在敖鲁古雅的时间短暂，但那里迷人的森林风光，奇特的民族风俗，特别是那些纯朴可爱的鄂温克猎民让人难以忘怀。好几位鄂温克青年后来都成了我们要好的朋友。副乡长海青和果士克，他们都有机会出门，每次到呼和浩特开会办事，免不了要带些森林里的土特产，当然也免不了到我家里喝上一杯。可惜的是，后来听说果士克得了急病，年纪轻轻的就去世了。果士克是鄂温克猎民中第一个大学生，毕业于长春汽车学院，本来可以留在大城市工作，可他怀着一腔建设家乡，振兴民族的热情和理想回到了敖鲁古雅。在我的印象中果士克是一个充满激情、十分聪明的年轻人，他本来可以为家乡的发展，为鄂温克民族的振兴贡献他的才华和智慧，无奈英年早逝，真是令人惋惜。

猎乡交通已经四通八达。

还有一件令人惋惜和难过的事。我在书中专门写到一位很有绘画天赋的小姑娘柳芭。在我们离开敖鲁古雅的第二年，柳芭被中央民族学院美术系录取。毕业后分配到内蒙古的一家出版社做美术编辑。记得我在呼和浩特工作的时候还见过她，正是花季时节的姑娘，对未来对艺术充满憧憬和希望。只是感到对城市生活依然不很习惯。前几年，偶然从新闻媒体得知，柳芭后来还是又回到了她所熟悉钟爱的家乡，在一次野外写生时不慎落入贝尔茨河而遇难了。又是英年早逝，一位很有前途的青年，还没来得及充分施展，她的艺术才华连同她心中的理想就被贝尔茨河的激流冲走了。真是人生的不幸，当然也是鄂温克民族的不幸。

敖鲁古雅是一座人文资源的宝库，吸引了许多作家艺术家去采风，深入生活。上世纪七十年代末，鄂温克族青年作家乌热尔图，在《人民文学》发表了以敖鲁古雅为创作题材的短篇小说《森林里的歌声》引起文坛的震动，以后便一发不可收，八十年代初连着发表了同一题材的系列小说《一个猎人的恳求》、《七叉犄角的公鹿》、《琥珀色的篝火》等，夺得了短篇小说奖"三连冠"。这在新时期文坛是很少有的。那几年，只要看到乌热尔图的小说，我便要一口气读完。从那些极富特色的文字中寻找鄂温克猎民的心路历程。两年前，中国作协邀我到浙江乌镇颁发茅盾文学奖。获奖作品有著名女作家迟子建写的《额尔古纳河右岸》。夜里我翻开作品发现，"右岸"所写的正是敖鲁古雅鄂温克部落。作品中的景物是那么熟悉，作品中的人物似曾相识，作品所反映的思想又似曾在我头脑中盘萦。只是作家可以捅破的那一层纸我们没有能力去捅破。

总之，这些年凡是来自敖鲁古雅的信息，凡是与敖鲁古雅鄂温克民族有关的事情，就格外能引起我的兴趣，引起我的关注。我想，这可能就是人们常说的那种缘分和情感吧。

听呼伦贝尔来的人说，今天的敖鲁古雅发生了巨大变化，与三十年前已不可同日而语。虽然猎民们依然要饲养驯鹿，夏秋季节依然要到山林里生活，但他们的定居点已搬到条件很好的根河市郊。政府为他们盖起了设施齐备的新房，孩子们可以免费到市里的学校读书，猎民们有了病可以在城市医院就医。

三十年前写的东西，只能记述当时的状况，反映当时的现实，书中的思想观点当然也带着当时的局限和印痕。此次再版除校正一些错字漏字和文不达意的词字外，完全保留了原貌。正如褪色泛黄的老照片是岁月留下的真实影像，刻意去翻新上色就会失去其应有的价值，历史留下来的东西自然不必再去精心修饰、随意装扮。

热忱地欢迎读者对三十年前的这些粗浅的文字提出批评。

感谢当年同我一起去采访的杨慎和、方正和王平同志。

刘云山

二〇一〇年元月 北京

敦煌古雅

前不久，内蒙古人民出版社社长王东生写信来，说要再版我八十年代初写的一本小册子《鄂温克风情》，征求我同意不同意。也就是半年前，以创作演唱"吉祥三宝"而一炮走红全国的鄂温克歌手布仁巴雅尔，也曾给我来信，说他到鄂温克采风，想创作一台反映鄂温克族生产生活的歌舞，想找我有关参考资料时得知，我曾经写过一本专门介绍鄂温克族风土人情的书，可他在内蒙古四处寻找都未如愿。最后还是在国家图书馆的版本库中找到一本样书。他说也是是至今为止介绍鄂温克猎民情况最翔实的资料，建议能再收重印。

说真的，三十年前的一本很不起眼的小书，在我的记忆中已经淡忘。不过，他们的提议倒勾起我一段有趣的回忆。

那是一九八一年的秋天，我在新华社内蒙古分社做记者。党的十一届三中会开过不久，刚从"文革"阴影中走出来的中国到处生机勃勃。有关部门在研究和加强少数民族地区的工作。为反映全国人口较少少数民族的现状，我接受了关于鄂温克猎民情况的调研。鄂温克猎民是鄂温克族的一部分，居住在大兴安岭深处，以狩猎和饲养驯鹿为生，只有一百多人，

解放以后政府专门红建了敖鲁古雅鄂温克自治乡。隶属于呼伦贝尔盟的鄂尔古纳右旗。奇乾哈尔

当时的交通很不方便。从呼和浩特到那里，要坐火车绕道北京、沈阳、哈尔滨，在大兴安岭上的牙克石换乘森林小火车，又要足足一天的时间才可到达。

三天后

九月初正是大兴安岭最好的季节，猎民们都进山放鹿来秋去了。乡政府所在地的敖鲁古雅乡居点静悄悄的空无一人。乡里两任乡长亲自天马带领我们进了密林深处的狩猎点。常年居住生活在深山密林的鄂温克猎民十分好客。只要山外来一个客人，就成了山林里的大新闻，

散居几十处狩猎点上的猎民都会集中起来欢迎客人。

进了山自然我要和猎民们同吃同住，当然也少不了参加一些力所能及的劳动。但更多的时间是向猎民们请教，听他们介绍情况。从鄂温克民族的历史讲到大兴安岭的风物，从现在的生产生活讲到对未来的希望憧景，从风俗习惯讲到衣食住行……凡是能想到的几乎无所不及无所不谈。几天下来，我们和猎民们便打得火热，他们有什么心窝子里的话都愿意往外掏。

我把采访来的主要素材，写成一组反映敖鲁古雅猎民生产生活现状的调查报告发表在新华社的内部参考，受到有关方面和内蒙古自治区领导的重视，把农民们生产生活中的一些困难很快使得到解决。而采访中的一些"边角下料"则加工成十几篇小文章，陆续发表在一些报刊上。内蒙古人民出版社资深编辑秀川觉得这些文章很有点意思，就让我们一起编以"敖鲁古雅风情"的书名出版了。

去敖鲁古雅的时间经短，但那里迷人的森林风光，奇特的民族风俗，特别是那些纯朴可爱的鄂温克猎民难以让人忘怀。好几位鄂温克猎民都成了我们的朋友。副乡长海窝和果土克，他们都有机会出门，多次到呼和汇特开会，办事，免不了苦带些树林里的土特产，吾好也免不了到我家里喝上一杯。可惜的是，后来听说果士克得了急病年经经如就去逝了。果士克是鄂温克猎民中年一个大学生，毕业于长春汽车学院，本来可以留在大城市工作。可他怀着"报建设家乡、振兴民族"的理想回到了敖鲁古雅。在我的印象中，果士克是一个充满激情十分聪明的年经人，~~~~他的早逝，对于鄂温克民族来说无疑是一个损失。

(鄂)他本来可以为民族的兴旺、为家乡的发展贡献他的才华和智慧，实现他的理想还有一件令人难过的事。我之前也专门写过一信。小娅娅画家柳芭。是我们当时班里最有天赋的高雅的第二名，柳芭被中央民族学院送去苏联。毕业后分配到内蒙古之一家出版社做美术编辑。记得我在呼和浩特工作时还见过她。正是花季时节的姑娘、对未来对艺术充满希望。只是总对城市生活感觉不很习惯。前几年，竟然从新闻媒体得知，柳芭后来还是又回到了她们热恋的家乡。在一次野外写生时不慎落入贝尔额河却遇难了。又是英命早逝，一位有才华的艺术家就这样也是鄂温克民族的不幸。她留下许多反映鄂活态生活的艺术作品，她的艺术才华全部被贝尔茨河的河流（给）冲走了。

敖鲁古雅是一座人文资源的宝库，吸引了许多作家艺术家来此、深入生活。上世纪八十年代中期，鄂温克族青年作家乌热尔图，因其长期以敖鲁古雅工作的深厚的生活积累，创作了为创作题材的短篇（在人民文学发表了以）小说"森林里的歌声"引起文坛的震动，以后便一发不可收，连续发表了以一题材的系列小说，夺得了八一、八二、八三三年短篇小说奖"三连冠"。那几年，只要写到乌热尔图的小说，我便要一口气读完。从那以后我们文学中寻找鄂温克的足迹与心险历程。而多年前，中国作协通知我到浙江乌镇去领茅盾文学奖(颁发)。获奖作品有著名女作家迟子建写的《额尔古纳河右岸》。夜里我翻开作品发现，"右岸"所写正是敖鲁古雅鄂温克部落。作品中的景物是那么熟悉，作品中的人物似曾相识，作品所反映的思想又似曾在我的头脑中萦绕。只是作家可以捅破的那一层纸，我们没有能力去捅破。

凡是关于敖鲁古雅的信息，凡是与敖鲁古雅鄂温克民族有关的事情，就格外能引起我的兴趣、引起我的关注。可能也是有一分情感、有一种缘分。

听听偶见来访的人说，今天的鄂尔古雅发生了巨大变化，与三十年前已不可同日而语。虽然猎民们依然要放驯鹿，春秋季节依然要回山林里生活，但他们的定居点已搬到条件很好的根河市郊。政府为他们盖起现代设施齐备的新房，孩子们可以免费到市里的学校读书，得了病可以在设备齐全的城市医院就医。猎民们

三十年前写的东西，只能记述当时的状况，反映当时的现实。书中的观点思想当然也带着当时的局限和印痕。

既是历史就应该是历史，因此历史沉下来的东西，当然也不必再去修饰、随意涂抹。

一切唯物主义者都应该尊重历史。走过的路可能是弯弯曲曲的，但没有必要一笔去裁去取立。老照片当然已经褪色泛黄，但也大可不必去翻新上色。

欢迎读者对三十年前汇那些粗粗浅浅的文字提出批评。

感谢曾经同我一起去采访的杨恺和方正和王令明。

二〇一〇年元月 北京

驯鹿的故乡

敖鲁古雅风情

目 录

敖鲁古雅 ◎ 7

森林里的路 ◎ 21

林间夜话 ◎ 33

狩猎点的早晨 ◎ 47

火的神话 ◎ 59

林海之舟——驯鹿 ◎ 73

鹿鸣声声 ◎ 87

撮罗子里采风 ◎ 103

跟踪猎熊 ◎ 119

篝火晚会 ◎ 137

采红豆 ◎ 147

望火楼——森林的眼睛 ◎ 157

柳芭姑娘 ◎ 167

> 高高的兴安岭，
> 一片大森林。
> 森林里面住着
> 勇敢的鄂伦春。
> 一呀一匹烈马，
> 一呀一杆枪，
> ……

儿时，这支富有神秘奇幻色彩的歌，曾将我引入童话般的境界。在上学的路上，在课外活动的操场，在少先队的联欢会上，在夏令营的篝火旁，唱着它，令人奇思飚漾，心驰神往。这兴安岭在什么地方？大森林是什么样儿？"鄂伦春"又是什么意思？一次，我好奇地问老师，老师把我领到办公室那形似一只昂首啼鸣的雄鸡的中国地图前，指着东北鸡冠的地方说："兴安岭就在这里。这里到处都有各种各样的参天大树，这里是一片无边无际的大森林，这里是祖国少有的绿色宝库。在大兴安岭茫茫林海深处，居住着好些以狩猎为生的少数民族，鄂伦春就是其中一个。他们常年居住在森林里，同风雪严寒和各种野兽搏斗……"

自那以后，兴安岭，大森林，鄂伦春，在我的心灵中留下了难以忘怀的印象；那雄伟的兴安

◀ 清晨，猎民妇女在撮罗子外面的架杆下拢起了木火，开始烧茶煮饭。

敖鲁古雅鄂温克猎乡位于内蒙古根河市北部。

岭，莽莽的大森林，勇敢强悍的鄂伦春猎民，常常引起我极大的好奇心。儿时那富于幻想的心里就萌生了这么一个美好的愿望：将来有一天，成为一位旅行家，到兴安岭去，到大森林中去，到鄂伦春猎村去。说来也奇怪，随着年龄的增长，这个愿望不仅没有减弱，反而越来越强烈了。

去年九月，作为一名新华社常驻内蒙古的记者，终于得到了一个到大兴安岭去的机会。不过这次要去采访的不是鄂伦春族猎民，而是大兴安岭密林中比鄂伦春族人数更少的鄂温克猎人。他们总共只有一百七十多人，居住在大兴安岭北坡的贝尔茨河畔的敖鲁古雅。

我们一行，刚刚步入敖鲁古雅的林海，踏进这北国传奇之乡，就被旖旎的风光和多彩的风情所陶醉。猎乡生活，日作夜话，晨牧夕归，时闻松涛阵阵，鹿鸣声声。密林深处猎熊，撮罗子里采风，篝火边上美餐，望火楼前奇逢，每每使我神荡魂摇，如醉如痴；而且，似饮美酒，时隔愈长，愈感回味之醇厚，香冽……

林区风光

原始森林中的驯鹿

敖鲁古雅风情

◎ 敖鲁古雅 ◎

鄂温克民族是我国人口较少的民族之一，全国只有一万多人。『鄂温克』一语译成汉语意思是『住在大山林里的人』。

敖鲁古雅风情

　　出发前，我把能够找到的有关鄂温克民族的资料，全部翻阅了一遍，对居住在大兴安岭深处的鄂温克人有了一个粗略的了解。

　　鄂温克民族是我国人口较少的民族之一，全国只有一万多人。"鄂温克"一语译成汉语意思是"住在大山林里的人"。历史上鄂温克人一直游猎在外兴安岭和大兴安岭之间的广大地区。史料记载，距今二百六十年前，鄂温克的祖先就曾经在勒拿河上游的森林苔藓地区游猎生存过。十九世纪四十年代，他们游动到了黑龙江支流阿玛扎尔河一带。由于沙俄侵略军的抢掠侵扰，他们被迫南移，渡过黑龙江上游额尔古纳河，进入大兴安岭，栖息于现在的狩猎区。后来，一部分走出森林，来到大兴安岭西侧的呼伦贝尔草原从事畜牧业；一部分进入岭南一带较温暖的嫩江平原，从事农业生产；一部分则仍留在莽莽森林，从事狩猎生产。由于人口稀少，分布地域很广，加上长期相互隔绝，生活在不同地区的鄂温克人

为使猎民能吃上新鲜蔬菜，猎乡还专门建造了塑料大棚，种植各种蔬菜。

社会形态差异很大。其他地区的鄂温克人早就进入封建社会，而游猎在大兴安岭的鄂温克人还处在原始社会末期。在这里，母权制时期的氏族公社组织虽已退出历史舞台，但以父权制为核心的家庭公社依然存在。这种家庭公社组织，鄂温克人叫做"乌力楞"，在乌力楞内部由有威望的老人担任家族长，家族长和其他成员平等相处，没有等级。乌力楞内部是公有制，生产工具为共同所有，产品平均分配。整个鄂温克内部没有人剥削人的现象。

居住在敖鲁古雅一带的鄂温克猎民虽然只有一百七十多人，但他们游猎生息的地方却相当辽阔，从北纬五十一度以北到五十三度半以南，从东经一百二十三度以西到一百二十度以东，大兴安岭几千平方公里苍莽浩阔的林海，都是他们张弓射兽的猎场。在漫长的历史岁月里，他们同整个中华民族的命运一样，遭受过极为深重的苦难。沙俄侵略者杀戮残害过他们，日本侵略军诱骗掠解放后,在党的民族政策的光辉照耀下,鄂温克人彻底结束了不分冬夏穿兽皮、餐风露宿的原始生活。

猞猁

夺过他们,旧中国的统治阶级和奸商压迫盘剥过他们,加上风雪严寒和凶禽猛兽的袭扰,使这个生长在山林中的弱小民族,长期挣扎在困苦、疾病和死亡线上。有位文学工作者曾十分形象地说:那时的鄂温克人像是一只濒于覆亡的残破不堪的小舟,漂荡在茫茫无边的林海。

解放后,党和政府派工作组来到大兴安岭的原始森林,他们翻山越岭,从深山老林把鄂温克猎民接下山来,以后又派来医疗队为他们根治了危及民族生存的结核病。同时,建立了定居点,成立了鄂温克族自治乡。鄂温克猎民从此当家做了主人,获得了新生。

鄂温克人过去多以肉类为主食，如罕达犴肉、鹿肉、熊肉、野猪肉、狍子肉、灰鼠肉和飞龙、野鸡、鱼类等，解放以后逐渐有了变化。

读着这些文字，像是翻着一页页风暴呼啸和烽火弥漫的历史，更加牵动了去敖鲁古雅的急切心情。恨不得马上踏进这片神奇的土地，踏着鄂温克人从苦难走向幸福岁月的足印，同鄂温克的父老乡亲，共同领略沐浴新生活光辉的无限喜悦。

八月三十一日，我们告别了内蒙古自治区的首府呼和浩特，踏上去往大兴安岭山林中的敖鲁古雅鄂温克自治乡的旅程。同行者有摄影记者小杨和画报社摄影记者小方。通往敖鲁古雅的旅程是遥远的，辗转北京，齐齐哈尔，牙克石，途中整整消磨了五个昼夜。这期间，我无时不在乘着想象的翅膀，飞临那传奇的千里林海，神游于兽啸禽鸣之乡。小杨和小方也是第一次到大森林里的鄂温克猎乡采访，同样奇想萦怀。我们每每坐在一起，共同揣度着猎村的风貌。小杨说：听说猎民住的是能流动的帐篷房，那猎村呀，兴许和点缀在锡林郭勒草原上的蒙古包和草原浩特差不多。小方说：谁说猎民住的是帐篷房？人家早就住在定居的房子里了；既然是一个村庄，又都住进房子，那一定和土默川和河套平原上那散落着土坯房的村子不会两样！我则认为，既是猎民村，就不会像牧区的浩特，也不会像农区的村庄，也许是既有牧区风貌又有农区特点的综合式的风格。然而，我马上又否定了这种猜想，因为我知道鄂温克猎民是五十年代才从深山老林中走出来定居的，敖鲁古雅猎村则是一九六七年才在野兽出没的荒山野林中兴建起来的，怎么能和发展了几千年的农村牧区相比呢？

九月四日，慢得和牛车差不了多少的森林火车，终于停在了牙林线的终点——满归。站台上，一辆墨绿色的北京－212型吉普车等着我们，这是国家为接送猎民上山下山和外出上下火车专门给敖鲁古雅乡拨来的。我们乘坐的吉普车一离开站台，很快就钻进了莽莽苍苍的森林，沿着贝尔茨河左岸弯弯曲曲的沙石公路奔驰。来接我们的副乡长那德那是一位热情似火的蒙古族青年干部，他很理解客人的心情，一上车便像拉家常一

敖鲁古雅鄂温克猎民，世世代代穿行在大兴安岭深处的林海雪原，以驯鹿代步，以游猎为生，生活简单古朴。

猎民拉吉米大叔穿上自制的兽皮衣拍张照片。▶

雀鹰

样谈起"敖鲁古雅"的由来。"敖鲁古雅"是鄂温克语,译成汉语的意思是"一只靴子"。传说在很早以前,一位青年猎手到这里打猎,碰上一头雄壮的银腿犴,青年猎手紧追在银腿犴后面,连着放了十来枪也没打中。等到太阳落山之后,犴钻进一片樟松林不见了。又累又饿的青年猎人坐在地上休息时,才发现自己右脚的鹿皮靴不见了。从那以后,青年猎人整整半年没打到一只野兽。后来有人对他说,那次你碰到的是犴仙,不该开枪,你脚上的靴子就是犴仙弄走了,你还是应该再做一只靴子送到樟松林表示"歉意",以换回狩猎的好运。青年猎人照着办了,从此,他每次出猎都不再空回。往后猎人们成了习惯,每年都要缝制一只精美的鹿皮靴丢到那里,时间久了,人们就把这里叫做"敖鲁古雅"。自然,这是个神话,但却真实地反映了鄂温克人同狩猎生活相依为命的关系。"到了!"正当我们听得入神,司机同志扭过头来对我们说。透过公路边上

◀ 林海深处有人家。

一片稀疏的白桦，猎村敖鲁古雅展现在我们眼前。村子掩映在葱茏茂密的白桦和松树林中，贝尔茨河像一条银练翻着浪花从林边流过，远远就可以听到激流拍岸发出的"哗啦哗啦"的声音。猎村虽然不大，但村子中间却有一条宽广整洁的街道。左边是供销社，粮站，医院，邮电所，一色砖瓦结构的新式建筑，门面还抹上米黄色、淡蓝色的水泥，同四面的森林映衬在一起，显得格外协调，俨然是一幅美丽的画图。甚至有点异国情调，既像十九世纪的俄罗斯林区风光，又有点法国巴比松画派作品的韵味。然而，它却真真切切是鄂温克猎乡的风格，是我们神奇国土上的景物。街道右边是猎民们十分奇特的住房。这房子不仅门窗

鄂温克人非常好客，极有礼貌。他们认为如果客人来了不好好招待，自己以后出去也不会受到礼遇。

房梁是木头的，连墙壁、房顶都是木头的，墙壁全是一样粗的松树杆一根挨一根垒起，房顶盖的是木板做成的"瓦条"。这种从头到脚都是木头的房子，猎民们叫做"木刻楞"。"木刻楞"是就地取材，建起来方便，但经不起大兴安岭常年风霜雨雪的侵蚀，寿命不会很长。村子东头有四栋新盖的红砖红瓦房，这是今年国家拨款为猎民修建的新居。去年自治区民委的一位领导同志到这里来调查情况，看到猎民们的"木刻楞"修建多年已经破旧，而随着人口的增加，过去的房子已经不够用了。因而回去以后，建议拨来了专款，为猎民修建住房，准备在三年内使猎民们全部住进新居。新建的住房都是一进三开，有卧室，厨

1965年，国家为敖鲁古雅乡猎民盖起了一幢幢"木刻楞"住房。

敖鲁古雅风情

房，客厅，里边有地板，暖炕，火墙，还配置了写字台，碗橱等，设备齐全。村子中间有一座圆顶建筑，那是猎民俱乐部，可容纳四五百人，就是在零下四十多度的严冬，猎民们也可坐在温暖如春的俱乐部里看到电影和各种文艺演出。这是在附近森林里修铁路的铁道兵义务为猎民们修建的，上边还工工整整写着"爱民宫"三个大字。村子北边是乡人民政府所在地和设施齐全的猎民子弟学校。在村子里散步，不时可以听到猎民子弟那清脆甜美的歌声。隆隆的机器声则是从东北角一片松林中传出来的，那里是去年才兴建的木材加工厂，这是猎民们为了改变单一的狩猎经济，从当地实际出发，在附近森林工人的帮助下，建

1980年，国家为鄂温克猎民拨来专款，盖起一幢幢砖木结构的新房。

立起来的。工厂主要是利用原始森林中将要腐烂掉的站杆倒木，加工成建筑需要的材料。去年一年这个小工厂就为猎民们增加了十万元的收入。

九月，虽不是狩猎黄金季节，可这个时期猎民大都进山，放养驯鹿，采集野果、蘑菇、木耳等山货。因此，村子几乎没有闲人，猎村显得十分宁静，偶尔可以看到体魄健壮的老人领着刚刚学步的儿童悠闲地漫步街头。在松风氤氲中，在夕阳辉映里，置身于林海深处的猎村，对于我们这些从繁华喧闹的城市里来的人，简直像一下步入了仙境！

////////////////////// 猎乡文化馆

茫茫林海

敖鲁古雅风情

◎ 森林里的路 ◎

在这人迹稀少的林海中，不可能踩出一条条固定的道路，况且那软乎乎的像海绵一样的枯枝败叶上，人们走过去根本留不下什么痕迹。因此，猎民们为了记住他们走过的地方，或要告诉别的猎民他们所活动的线路，在他们游猎时，就在走过的树上砍下记号作为路标，别人就可以顺着路标找到他们。

敖鲁古雅风情

到敖鲁古雅的第二天，猎民出身的鄂温克族副乡长何海清和果士克就带着我们到山里的狩猎点上去。为了少走路，乡里派汽车先把我们送到三十公里远的林管局小分队住地，然后我们就背着行装和枪枝进了密林。

环颈雉

第一次进入原始森林，对于我这看惯了开阔平原和黄土丘陵的人，眼前展现的是一个完全崭新的世界。四处都是拔地而起的大树。被誉为"美人树"的樟子松，像一柄柄利剑直插云天；洁白洁白的桦树，则把那已经发黄的树冠高高托向空间，云朵般团团簇簇推拥于茫茫林海。为了争得阳光雨露，为了在大自然的竞争中求得生存而不被淘汰，千枝万木都在奋斗不息勃勃向上，一派千山竞秀、万木峥嵘的景象！

趑行密林，可路在哪里呢？密密麻麻的林地上，全是一层二三尺厚的枯枝败叶，或者是长着一墩墩塔头草的沼泽地。不要说车碾人行的大路，就是留下人迹的曲径小道也没有。柳宗元有诗云：

男女老少骑着驯鹿转场。

"千山鸟飞绝，万径人踪灭。"这里鸟未飞绝，却使人有"地宽路径灭"之感。没等我们开口，机灵的果士克好像看出了我们的心思，他先开口了："森林里的路可不在地上，得到树干上去找。"他边说边用猎刀指着一棵松树上的一处不大显眼的刀痕给我们看。接着他告诉我们，在这人迹稀少的林海中，不可能踩出一条条固定的道路，况且那软乎乎的像海绵一样的枯枝败叶上，人们走过去根本留不下什么痕迹。因此，猎民们为了记住他们走过的地方，或要告诉别的猎民他们所活动的线路，在他们游猎时，就在走过的树上砍下记号作为路标，别人就可以顺着路标找到他们。为了互相区别，每个猎民的路标标志都各不一样，如有的是砍一长条，有的是砍一横刀，有的则是十字刀痕，等等。相互熟悉的猎民一看就可以认出是谁砍的路标。路标还有左手右手之分，左手标一般都是出猎时所砍，右手标则是回猎时砍的。砍路标也不是一棵接一棵地挨着砍，而是走一段

敖鲁古雅风情

幼鹿

路砍一处，因此，不懂路标规矩的人还是不能顺利找到路标的。往往找到上一处而找不到下一处。常年奔波在森林里的猎民一般都不会迷失方向。就是迷失了方向，他们也会有办法的。他们出门一般要带一两只猎狗。猎狗是森林里最好的向导，有一副灵得出奇的鼻子，有人走过的地方，它们都能十分准确地嗅出来。另外，世世代代的森林生活，猎民们积累了丰富的辨别方向的经验。他们可以借助森林里的树木，花草，河流，甚至地上的石头，积雪，来辨认东南西北。如树木向南的一方能够得到充足的阳光，枝叶就繁茂，而向北的一边背阴，枝叶就稀疏；花草也是如此，向阳的一边花朵鲜艳，背阴的一边色泽就显逊色。在河流附近方向就更好辨别了，因为鄂温克猎民们游猎的范围在大兴安岭北坡，河流流向都是由南向北，猎民们把滚滚滔滔的河流比作森林里的指南针。要是在隆冬，树木，花草，河流都被积雪覆盖，他们就能以积雪的不同厚度和雪原上被风吹起的波纹判断哪是北方，哪是南方。我们听着果士克这富有趣味的介绍，已不知不觉走进了密林深处。何海清和果士克不愧是山林里长大的鄂温克后代，他们每人背着一包行李和一支猎枪，走起路来还是那么轻快敏捷，像两只自在的小鹿穿行于林间。我们几个，不是被上边的树枝挡住，就是被下边的草墩绊倒。同行的摄影记者小杨和小方连着几次摔倒在塔头草的沼泽里，起来已变成泥人，我们便相视纵声大笑。

笑声突然引来左边林子里响起了"咕咕！咕咕！"的鸟叫声。走在前边的何海清和果士克停住了脚步，高兴得几乎要跳起来："好运气，今晚可以用烤飞龙来招待你们啦！"两人把行李卷往我们手里一甩，说了声"你们慢慢走"，就机敏地钻进左边的桦树林里去了。他俩一走，我们

林中蘑菇

可有点紧张了，不知怎的，好像周围一下昏暗了许多，空气冷飕飕的，心里有点发慌。我真后悔不该轻易让他们走开。好在果士克告诉了我们一些认识路标的常识，我们只好一步一步地寻着路标缓慢地前进。可是，没走多久，路标就怎么也找不到了，四面都是一色的参天大树。我们只好在原地转来转去兜圈子，像是掉进一口深深的大井里。这可怎么办呢？走吧，找不到路标，再走等于去找死。不走吧，谁知何海清和果士克会不会已经朝着前边走了？我们都一声不响地沉默

猎民出身的何海清当选为副乡长，但他仍然不忘经常和猎民在山上一道狩猎。

着。我的心里真有点发慌,要是从林子里一下窜出只黑瞎子什么的可就完了。人们在这样的时刻往往往坏处想。正在这时,何海清和果士克从后边赶上来了,刚才还紧张的空气顿时消失了。他俩每人的猎枪上挑着一串飞龙乐呵呵地说:"要不是怕你们着急,那几只也跑不了。"早就听说飞龙是大兴安岭的珍禽,是驰名中外的野味。我们都围过去,观察那些只有三四两重的灰色小鸟。赞赏之余,两位摄影记者埋怨何海清和果士克不该匆匆而去,不然他们拍几张猎捕飞龙的镜头该

飞龙是大兴安岭特有的珍禽,其肉非常鲜美,是驰名中外的野味。现已列为国家保护动物。

敖鲁古雅风情

白桦林

有多好。何海清和果士克说:"上了山,有你们大显身手的时候,怕你们的胶卷不够用呢!"

就这么说笑着我们又继续前进了。森林里的天黑得早,才下午五点多钟,夜幕便像一层薄薄的黑纱盖在林子上空。路更难走了。天亮时还可循着路标走,天一黑路标看不大清楚,我担心迷了路,因为在这无边无际的林海里一旦迷路,迎接你的便是饥饿,严寒,凶残的野兽和无情的死神。人在紧张的时候,就会忘了疲劳。要是在平

鄂温克族原来很少食用蔬菜,仅仅采集一些野葱,作成咸菜,作为小菜佐餐。从二十世纪五十年代开始有所改变,还逐渐增加了一些面食,如:面条、烙饼、馒头等。

鄂温克猎民老阿妈十分受人尊敬。

时，走这么远的山路，早该是精疲力竭了；可现在，大家都还在大步大步地前进，彼此能听到呼哧呼哧有节奏的喘气声，像是一支低沉的进行曲，微响于这万籁俱寂的林海间。

"叭叭叭！"突然，三声清脆的枪声划破了林中的寂静。"到了！"果士克像孩子一样喊了起来。原来，鄂温克猎民有个习惯，每当夜幕降临以后，已经安营扎寨住下来的猎民总要对空鸣枪三声，以招呼那些森林里迷了路的人。果士克也迅速端起枪来朝着天空"叭叭叭"放了三枪作为回音。这枪声，既使人振作，又把我引向了一个奇异的境界。是远古林中的响箭？是中世纪骑士的甲胄？是森林探险队的豪情？是胜景探幽者的雅兴？我讲不清楚，众人加快的脚步也使我无暇咀嚼。果然，还没有一顿饭的功夫，我们就看到了前边的林子里三堆吐着红红火苗的篝火。在那夜幕漫漫的林海中奔波得已经筋疲力尽了的人，看到了闪烁着光明，放射着温暖的篝火，该是一种什么样的心情啊！

林中蓝莓

30/31　敖鲁古雅风情　◎　森林里的路　◎

林海新城

敖鲁古雅风情

◎ 林间夜话 ◎

空地上由东向西排列着五座圆锥形的帐篷房,这就是鄂温克猎人常年漂泊在林海用以栖身的「撮罗子」。撮罗子里边用二十根剥去皮的松木杆支撑着,外边盖着雪白的桦树皮,到了冬季则盖上可以御寒的各种兽皮。

敖鲁古雅风情

几个十几岁的小猎民和几只毛茸茸的猎狗,蹦蹦跳跳地把我们迎进了狩猎点。夜色虽然像黑色的帷幕笼罩了四周的山林,可狩猎点上几堆熊熊燃烧着的篝火,则把这里的景物映照得清清楚楚,使我们看到一幅丹青圣手绘制的绝妙画图。

这是一片樟松林中的林间空地,周围那挺拔笔直的樟松像是站立在那里放哨的卫兵,在篝火的映照下,闪烁着红色的光彩。空地上由东向西排列着五座圆锥形的帐篷房,这就是鄂温克猎人常年漂泊在林海用以栖身的"撮罗子"。撮罗子里边用二十根剥去皮的松木杆支撑着,外边盖着雪白的桦树皮,到了冬季则盖上可以御寒的各种兽皮。整个撮罗子的形状像是一把半开的雨伞,顶部留着圆圆的天窗,这是为在里边烧火时通风走烟用的,坐在里面可以看到天上的星星。撮罗子周围是用桦树杆围起来的栅栏,像是小小的院墙,这是用来防御野兽袭击而构建的。栅栏外边是临时用石头垒起的锅台,旁边零散摆放着锅盆鄂温克族最大的聚居区是内蒙古鄂温克自治旗。地处大兴安岭，这里有水草丰盛的天然牧场，茂密的森林，还有一些肥沃的耕地。

碗盏等炊事用具，锅台附近是几根树枝支起的木架，上面排满了半湿半干的野兽肉和经过鞣制的兽皮。

我们被热情好客的主人让进了最东边的拉吉米老人的撮罗子，中间是一堆篝火，噼噼叭叭着得很旺。借着通红的火光，我仔细观察，这撮罗子里几乎没有什么东西，陈设也很简陋，只是围着火堆铺着一圈兽皮，兽皮边上散乱地堆放着几床毛毯和棉被。按照主人的安排，我坐在正面一块厚厚的兽皮垫上。鄂温克猎人的规矩是，撮罗子正中是供玛鲁神的位置，平时谁也不许坐在这里。通常情况下，男人坐在左边，女人和小孩坐在右边或门的两侧。只有来了长者和尊贵的客人才可坐在正中，显然我是被当作贵客了。坐罢，果士克把我们几位客人一一介绍给主人，男女主人都彬彬有礼上前来和我们一一握手。停了片刻，女主人便从外边端来了散发着浓香的驯鹿奶和几盘手把狍肉。我们把上山时为猎人带的"二锅头"

木材外运

拿了出来，倒在碗里，大家围坐在灼人面颊的火堆边甜美地吃喝起来。驯鹿奶没有一点异味，醇香可口，我这平常不大喜欢吃奶食的人连着喝了两碗。犴肉像骆驼肉一样，肉质较粗，脂肪很少，吃起来不像猪肉和肥羊肉那么腻味，下酒是再好不过了。果士克拿着一把锋利的猎刀，一边为我们削肉，一边告诉我们，犴也叫罕达犴，俗名叫驼鹿，块头很大，体重有四五百斤，是大兴安岭的特产，常年生活在深山密林里的猎人，主要靠狍肉和犴肉生活。犴皮是上等制革原料，猎民们穿的皮衣多是犴皮制成。

　　拉吉米大叔是鄂温克猎民中有名的好猎手，在猎民中威望很高，也是这个狩猎点上的生产组长。他中等个子，身体很结实，黑里透红的脸膛

过去鄂温克人在森林中没有固定的住所，"撮罗子"是他们的传统民居。"撮罗子"是鄂温克语，它的外形如同鄂伦春族的"仙人柱"，一般高约3米，直径约4米，是用松木杆搭成的圆形木结构建筑，也是一种非常简单的帐篷。

像是经了霜的柞树叶,虽然已是近六十岁的人了,可一双细长的眼睛闪着光亮,显现出猎人那特有的英气。乍见面,给人一种威严的感觉,以致在他面前,我们对他都有几分敬畏,颇感拘谨。可是当我们互相拉起话来以后,便觉得他是个十分热情好客、和蔼可敬的老人。拉吉米大叔很健谈,对我们的到来十分高兴。他虽然不大精通汉语,说起来十分生硬,而且常常夹杂着好多鄂温克语,但还是尽量用汉语同我们讲。当我们听不懂的时候,果士克和何海清便主动为我们当起翻译。他的话匣子是从我们的到来打开的。他说:一看到你们来了,我就想起了解放初,党和政府派干部来拯救我们民族的情景。那时我们一百六十多个鄂温克猎民大多数都患上了肺结核,我那时才

敖鲁古雅猎民幸福的一家。

敖鲁古雅风情

猎民的子女在民族学校里幸福成长，国家给入学的孩子发放助学金。

三十来岁，按理说正是身强力壮的时候，因患上结核病，常常躺在撮罗子里动弹不了。当时我们猎民有了病，一没医，二没药，都求玛鲁神，请萨满医（巫医）。玛鲁神、萨满医只能贻误人命，哪能治了病？我曾经想着等没有人的时候跳到贝尔茨河里寻短。正在这个时候，党和政府派干部来了。他们翻山越岭，一家一家地找我们宣传党的政策，然后把我们接到山下，派来了医生为我们看病，还送来了衣服、粮食和各种各样的日用品。我们做梦也没有想到会有这一天啊！没过多久，我们的病就控制住了。我当时见了干部直流泪，不知是高兴还是感激，想说句感谢的话又不会说，只好给他们鞠躬。他们说，往后可不要这样，共产党就是为了解放全国所有受苦受难的民族，使各族人民都能翻身得解放，都能繁荣富强。不是共产党派干部来，我早喂狼了，我们整个民族也完了。为了扶持我们生产，政府又给我们送来了新式枪枝弹药，派来兽医和科技人员帮助我们发展驯鹿。上边的领导和干部三天两头地到我们森林来问寒问暖，有时还带来菜呀酒呀等生活用品，一有人来就是为我们办好事来了。有一年春节前夕，周总理还亲自从北京给我们打来电话，询问我们鄂温克人的生活情况。那个时期，我们所有人的心里整日都是热乎乎的。万万没想到，后来来了场"文化大革命"，可把我们折腾苦了。上边来了人，批判我们打猎是只看钱不看线，说我们自己打猎挣了钱，还吃国家的"亏心粮"，要我们放下猎枪毁林开荒学大寨。花了几万元买来了拖拉机,开了几百亩地,种上的小麦刚抽穗,一场早霜就全完了。就这么连着干了几年,猎民们一个个都成了穷光蛋。原来我们家家户户有吃有穿,银行里还有存款,这样瞎折腾以后,四十几户人家有三十多户借债欠款。更伤我们心的是,林彪、"四人帮"这伙坏种不把我们当人看,在我们猎民中搞什么清理阶级队伍,解放前大伙都是一样的打猎,打了猎物人人一份地平分,还没有产生阶级;可他们非要从中划出个猎主来,剩下的有人被打成特务和反革命,还有的被抓去坐了牢。我就是被打成"特务"和"反革命"的双料货,几年没有抬起头来。说到这里,拉吉米大

鄂温克族传统服饰的原料主要为兽皮。上衣斜对襟、衣袖肥大,束长腰带。

叔的眼里扑簌簌地掉下两行泪来。

"如今可好了。"说着他将半桦皮碗"二锅头"一饮而尽。话又像泉水般汩汩往外涌流。

自从"四人帮"一垮台,这世道又变过来了。好像天上的太阳也比过去暖了。自治区的主席、书记都来看我们。我们没有别的要求,只要领导来看看我们心里也高兴啊!木刻楞破旧了,给我们拨来钱,新盖了瓦房;为了让我们经常看上电影,给我们送来放映机,只要愿意看,天天可以看电影;为让猎民后代从小就能受教育,又在猎民子弟学校成立了幼儿班。兴安岭雪化了,是春风又吹来了。如今上边对咱们这么好,说明党和

猎乡幼儿园

政府心里有我们鄂温克猎人啊!

似乎是拉吉米大叔那动情的言语感染了大家,坐在门边一言没发的拉吉米的姐姐敖高列也插话了:鄂温克人有句俗话,心里暖身上才有劲,那几年,"四人帮"用白眼看我们,心里都冷了,哪有心思好好打猎?如今可不同了,大伙都比以前精神了许多,今年打猎的黄金季节还没到,可大伙打的猎物远远超过去年。

夜里,我们被安排在最西边的那间撮罗子里休息,这是猎民们听说我们要到来,傍晚才临时搭起来的,我的同伴风趣地说这是狩猎点上的招待所。说真的,真有点招待所的味道。地上的兽皮是新的,而且铺了好几层,盖的是几床崭新的

猎民新村里建起了民族商店,猎民的民族特需品得到满足供应,大大方便了猎民生活。这是猎民妇女在商店里选购商品。

党和政府培养出的鄂温克族自己的医务工作者。

鸭绒被。何海清和我们睡在一起,他睡在门口,一是为了给火堆添柴,二是有点保卫我们安全的意思。走了整整半天的山路够累的了,按理说应该香香美美地睡一觉。可是我却意外地失眠了。森林的夜,静得出奇,一点声音也没有,仿佛是奔腾的江河突然结了冰一样,只有偶尔传来同伴们那有节奏的鼾声。透过撮罗子顶部的圆孔,可以看见墨黑墨黑的夜空,那闪闪烁烁的星星像是撒在天幕上的一把把碎银。我细细地回味着猎民们那充满激情的话语,深深为他们那宽广的胸怀所感动。他们对祖国、对党的感情是那么真挚,那么深厚,尽管"文化大革命"那套极"左"的东西刺痛了他们的心,可是当党把温暖的手臂重新伸向他们的时候,他们不记恨,不埋怨,又紧紧扑向母亲的怀抱。

敖鲁古雅风情

◎ 狩猎点的早晨 ◎

列巴是用小麦面粉做的,样子颇似山西人吃的大烙饼,厚厚的像木头小锅盖,用白面发酵以后在石板炉子里烤制而成,是鄂温克人的主要食品。

鄂温克族的传统餐具别具特色，有用罕达犴骨做成的杯子、筷子，鹿角做成的酒盅，还有用桦木制作成的各种碗、碟等。

敖鲁古雅风情

　　同行的两位摄影记者要拍摄狩猎点早晨的画面，凌晨五点钟就把我催醒了。撮罗子里还黑糊糊的，只影影绰绰能看见对面的人影。我埋怨两个年轻人不该毛毛草草这么早就起来，可是来到外边，天已大亮。大兴安岭的早晨来得真早，比呼和浩特起码要早个把钟头。

　　以勤劳著称的鄂温克妇女们，不知什么时候已经起床了。她们大都穿着像连衣裙又不像连衣裙、像蒙古袍而又不像蒙古袍的鄂温克式短袍，红黄蓝紫颜色鲜艳多彩，年岁大点的多着蓝紫色的，年轻点的则穿红黄色的。短袍的襟边和袖口都镶着宽宽的黑边，显得艳丽而又典雅。姑娘们头上都爱罩一条红色的尼龙纱巾，在晨风吹拂下飘动着，像是一团团吐着烈焰的火炬。鄂温克妇女的脸庞有

烤列巴

点像草原上的蒙古族妇女，高高的两颊，宽宽的脸膛，细细的双眼，薄薄的嘴唇，自然朴实，健壮而俊美。

撮罗子前的篝火堆已经点燃，上边用高高的木架吊着冒气的水壶，妇女们匆匆忙碌着，有的提着桦树皮制成的水桶到前面沟里提水，有的在篝火旁做饭。烟雾缭绕，袅袅上升，好一幅晨炊的景象。拉吉米大叔的撮罗子前，敖高列老人正在制作"列巴"。列巴是用小麦面粉做的，样子颇似山西人吃的大烙饼，厚厚的像木头小锅盖，用白面发酵以后在石板炉子里烤制而成，是鄂温克人的主要食品。石板炉是猎民们每到一个猎点后就地找几块石板垒成的。四周是四块厚一点的，上边是一块又平又薄的盖顶。里边烧上松柴火，先把面摊开放在上边的薄面盖上，等有了糊巴，就放进炉膛里，烘上片刻即可取出。敖高列老人告诉我，烤列巴一般都是老年人干的活，一次要做好多好多，起码要够全家人吃上个把星期。猎民们进山打猎就带着它做干粮，平时只把它当早点吃，或作为午、晚两餐的配饭，而主食则是兽肉和驯鹿奶。鄂温克猎民的"主食"和"副食"正与我们通常讲的"主食""副食"翻了个个儿。

按照鄂温克人的习惯，妇女除了担负全部家务劳动，还要参加打猎、采集和饲养驯鹿等。男子打到野兽后，把皮一剥就算了事，妇女要牵着驯鹿把兽皮和兽肉全部驮运回来。至于饲养照料驯鹿，全是妇女的事。到了冬季，妇女们还要参加打灰鼠的活动，这样妇女比男人的劳动繁重得多，几乎永远没有闲暇的时候。每天早晨，更是她们最繁忙的时候。

不一会儿，夜里出去吃草的驯鹿晃荡着脖子上佩带的铜铃，"叮铃叮铃"地回来了。原来，驯鹿的生活习性与一般牲畜不同，每当夜幕降临露水落地，便都三五成群地离开狩猎点到密林中去寻食觅草，天亮以后就都自动地回到狩猎点，一个白天便不再离开。驯鹿陆续回来后，妇女们更加忙碌了。她们先是追着母鹿挤奶，挤过奶后便把鹿羔圈里的小鹿都放出来，捉母鹿吃奶。有的母鹿不大认"子"，不得不把母鹿拴在树上，抱着鹿羔吃奶。这个狩猎点上养着八百多只驯

鹿，光鹿羔就有二百多只，饲养驯鹿的妇女只有五六人，可以想到每天光挤奶喂奶的工作是多么繁重啊！

太阳出来以后，把她那强大的光束从钻天的松林间射下来，同狩猎点上篝火的炊烟汇合在一起，云蒸霞蔚，形成了大森林中特有的景色，美妙极了。我们围坐在篝火旁共进早餐。主人为我们熬制了驯鹿奶茶，主食是石板炉子里烤制的"列巴"。吃饭时果士克讲，这几天正给雄鹿去势（即"阉割"），你们可以开开眼。为雄鹿去势，这是每年九月份天气凉爽以后猎民们一项十分重要的生产活动。由于早晨天气凉快，血液循环缓

猎民们给雄性驯鹿去势。这是一种原始而古老的方法，数人把雄鹿按倒，一人用牙齿把鹿睾丸咬碎。

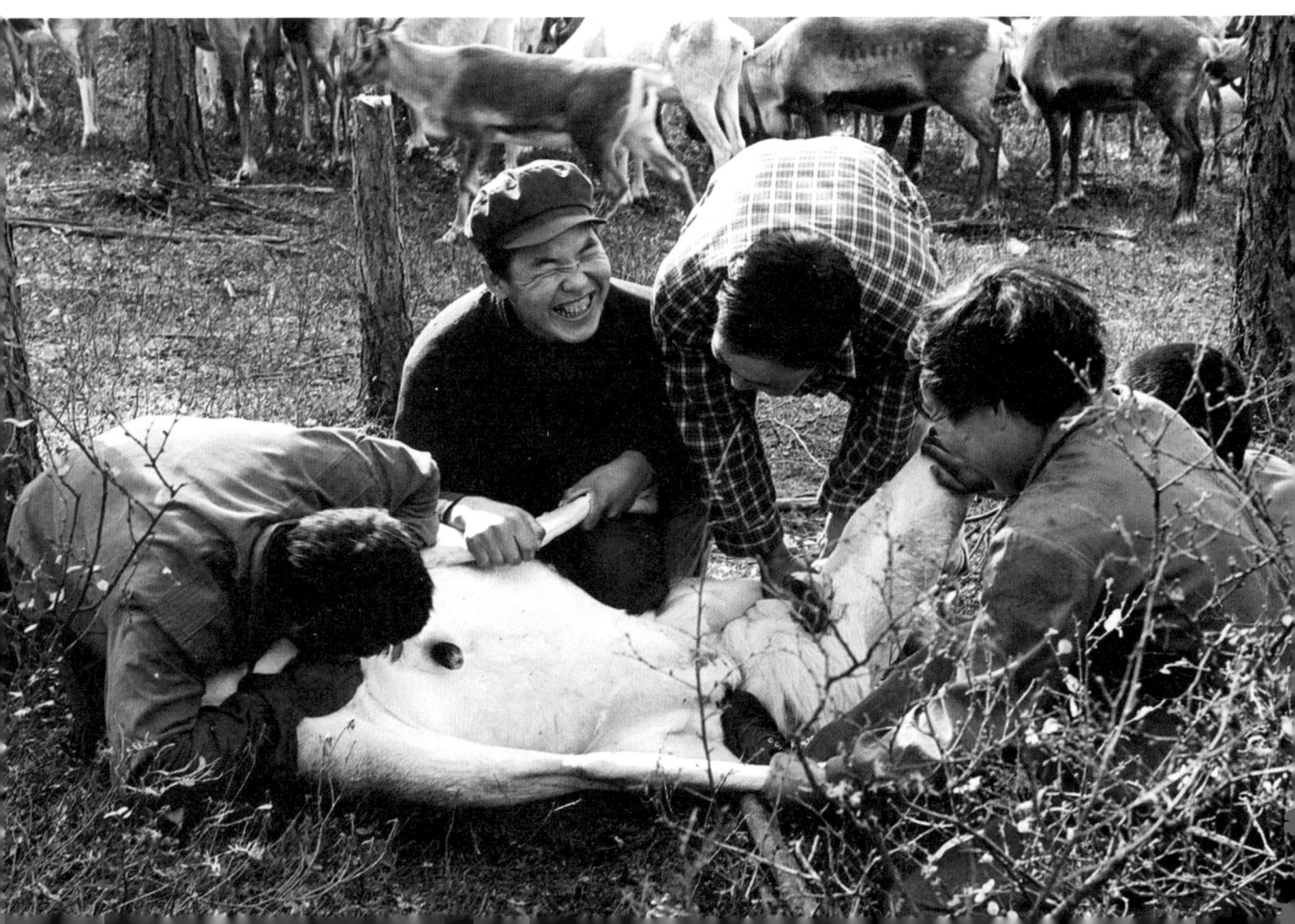

慢,所以,去势时间都在每天早饭后的一个小时之内。

吃罢饭,五六个身强力壮的青年猎民集合起来,开始围追雄鹿。他们个个穿一身深黄色的翻毛驼鹿皮夹克,腰里束一根皮带,脚上穿一双十分轻便的鹿皮靴,小腿上还打着绑带,个个精神抖擞,英姿勃勃。领头的叫金方,五短身材,黑红黑红的面孔,结实得像一块铁。驯鹿本是十分温顺的动物,可是每到这个季节,那些雄鹿就不那么老实了,见人来到跟前,便撒腿逃跑。他们开始围追的是一头全身银白的雄鹿。金方指挥他的伙伴们站在几个角上,他手里捏着一根皮绳,

野生驯鹿最惊人的举动,是每年一次长达数百公里的大迁移。春天一到,它们便离开越冬的森林和草原,向北迁徙。而且总是由雌鹿打头,雄鹿紧随其后,秩序井然,边走边吃,日夜兼程,沿途脱掉厚厚的冬装,生出新的薄薄的夏衣,脱下的绒毛掉在地上,正好成了路标。

敖鲁古雅

敖鲁古雅风情

敖鲁古雅猎乡,位于大兴安岭深处,天气十分寒冷,由于驯鹿的主要食物是苔藓,需要经常寻找新的食物,所以猎民们也随着鹿群经常搬家,十分辛苦。

偷偷地从雄鹿的身后窜过去。机敏的家伙听到身后有脚步声便朝前奔去,没跑多远,拦在对面的猎民围了过来。这家伙猛地把头一扭从左边逃窜,可是左边有人拦住去路,这下驯鹿慌了,就转着圆圈奔跑起来。金方将皮绳在空中一晃,做了个暗号,站在四边的青年猎民就一步一步地缩小包围圈。驯鹿一看猎人们越来越近了,就企图寻找缺口突围,因此放慢了奔跑的速度。金方看到有

每年，鄂温克族猎民向国家交售大量鹿茸。图为猎民正在晾晒丰收的鹿茸。

敖鲁古雅风情 ◎ 狩猎点的早晨 ◎

机可乘，飞也似的从后边奔去，撒开皮绳，像马戏团的演员一样，皮绳准确地落在驯鹿蹄下，等到驯鹿两只前蹄一抬，只见金方将皮绳轻轻一提，皮绳前端的绳扣套住了驯鹿的双蹄，就在这一刹那间，几个青年一下围了过来，驯鹿俯首就擒。他们又把驯鹿用皮绳绊住，拉倒在地，然后用一块崭新的红布将驯鹿的睾丸紧紧包住。金方趴在地上，将包着的睾丸用牙咬碎。被按在地上的雄

冬季，鄂温克猎民骑马狩猎。
刘春风 摄

鹿嗷嗷直叫，金方则连连作呕。虽然这样的去势方法原始而古老，但是它需要有一定的技术和勇敢顽强的意志，一般人胜任不了。据说，这样的去势法好处是不留刀伤，能避免感染。

大约用了一刻钟，一只驯鹿去势结束。等驯鹿的羁绊解去以后，原来那英姿勃勃的雄鹿一下子打掉了锐气，懒洋洋地走开了。金方和伙伴们也都个个汗流满面，筋疲力尽了。他们蹲在地上休息片刻，又开始围追另一只雄鹿。

真没想到，在大兴安岭茫茫林海里的这个小小的狩猎点上，早晨依然是这样繁忙，这样热气腾腾，这么朝气蓬勃。有一位诗人曾把祖国的早晨比作是涨潮时的大海，那么，我说大兴安岭深处的鄂温克猎乡的早晨可谓这潮头里一朵腾跃的浪花。

敖鲁古雅风情

◎ 火的神话 ◎

过年时青年人向长者拜年之前,首先要向火磕头;吃肉喝酒时,得先往火堆里扔肉洒酒;客人到来时,要拿一火把站在门前,双方在火把上面握手问候,以示有火作证,彼此必须忠诚;外出走了远门或外族来人进到撮罗子前,都要围着火堆转上两圈以驱邪气。

敖鲁古雅风情

　　和猎民们在一起生活了几天，我发现每当喝酒时，他们总要把第一盅酒泼向火堆，吃肉时又要将最好的肉割一块扔向火堆，以示对火的虔诚和敬奉。这奇特的风俗自然引起我浓厚的兴趣，我决定刨根问底弄个究竟。

　　九月十二日午后，本来原计划我们和果士克、何海清一起乘桦皮船到贝尔茨河去叉鱼，万万没想到就在吃午饭的时候，天骤然变了。不知从哪里涌来的一堆黑云，把天空盖了个严严实实，接着是一阵闷热，不一会儿，随着一阵响雷过后，就下起雨来。雨不算大，但不紧不慢像是要摆开阵势下几天似的。这样的天气猎民们当然不能出猎了，趁这个机会，我钻进老猎民安刀的撮罗子里，向他请教："安刀大叔，请您说说鄂温克猎人对火为什么那么敬奉？"

　　老人没有直接回答我的问题，他沉思了一阵，一边用手拨弄着地上的火堆，一边慢条斯理地讲起了充满神话色彩的故事。

鄂温克猎民点燃篝火，讲述着火的神话。

在过去了很久很久的年代里，一个森林里落了第一场雪的初冬时节，有一对青年恋人结婚了。入洞房的夜里，撮罗子里的火堆不旺了，新娘子随手拿起一把防身用的猎刀去拨火，不料火堆不仅没有弄旺，反而很快便熄灭了。他们又去重新生火，却怎么也生不着。这一夜，狂风呼啸，大雪飘舞，撮罗子里成了冰窖。俩人依偎在一起瑟瑟发抖，一夜都没有入睡，好不容易熬到天明。从此，他们只要在自己撮罗子里，便点不燃火，每天只好在别人家的撮罗子里借宿。他俩本来都是出色的猎手，可出去打猎几乎天天都是空手而归。一天，青年猎人又去打猎，在一棵干枯了的白桦树前碰到一位全身穿着红色衣服的老年妇女，双手捂着左眼，嘴里不停地呻吟。青年猎人向老人行礼问安，他发现老人是火神。原来，他们结婚那天，火神看到风雪交加，天气很冷，就到洞房里来保护他们，没想到新娘子用刀拨火正好把火神的左眼捅伤了。青年猎人听她讲到这里，立即跪在地上,连连赔罪,严责自己冒犯的不是,并且发誓永远敬奉火神。从那以后,他家的篝火常年不灭了,狩猎也年年丰收,日子过得十分幸福。这件事传出以后,鄂温克猎民们家家都敬火如神了。日子久了,还形成许多不成文的"法规":过年时青年人向长者拜年之前,首先要向火神磕头;吃肉喝酒时,得先往火堆里扔肉洒酒,先敬火神;客人到来时,要拿一火把站在门前,双方在火把上面握手问候,以示有火作证,彼此必须忠诚;外出走了远门或外族来人进到撮罗子前,都要围着火堆转上两圈以驱邪气。另外还有一些禁忌,如不准用刀拨火,不准用脚踩火,不准用

猎民们把动物的肉晾晒在架杆上,以备食用。

水泼火,不准随便从火上跨过,打猎到了一个地方拢起的篝火,在离开时只能让火自行熄灭,而不准将火扑灭。当然,这是过去的事了。解放以后,随着科学文化事业的发展和对大自然的认识,有些带有迷信色彩的忌讳也都废除了。像森林里着了火,一旦被猎民们发现,便都迅速赶到扑打和报告有关部门。但一些带有神话色彩的习惯,至今依然保留。

小时候,常常在夏夜的晚饭后,听老人们讲一些有趣的童话故事而着迷,没想到在这大兴安岭的密林中却又像孩提时候一样,被鄂温克猎人的故事把我吸引住了。以致果士克冒着大雨闯了

敖鲁古雅鄂温克自治乡有近五百人,其中鄂温克族大约有二百三十人。他们现在已经是猎民定居后的第三代了。在离此五十到一百公里的山林中,还有四个猎民点,生活着三十多名习惯于打猎和在山上饲养驯鹿的老猎人们。

进来，我还没有发现。他见我们一个认真地讲，一个出神地听，便开言了：

"现在到火烧眉毛的时候了，故事留着往后讲吧！雨下了快半天了还不停，我们现在的猎点扎在半沟洼里，两边的沟里都涨了水，雨再不停，水就要漫到我们这里了。我们已经商量过了，得赶快倒点！"

安刀大叔听了，马上站起来说："看我，只顾闲唠叨，竟忘了天还下着雨。咱这个点是不保险，不马上转移是不行。"

我们到外边一看，雨还是那么哗哗地下着，大雨中，沟底的水像是放进开水里的温度表，眼见着直往上涨。猎民们都已行动起来了。有的整理炊具，有的捆绑行李，有的收拾撮罗子上的帆布和桦皮，大家干得不慌不乱，显然，像这样的事他们是经历过好多次了。每家的行李和怕雨淋的东西外边都包上了防水的桦树皮，然后驮在驯鹿的背上。大约一顿饭功夫，一切收拾停当，大家冒着雨向山顶方向出发了。前边是五六十只驮着东西和妇女孩子们乘骑的驯鹿，前后总有一里来长，像一串长长的列车，看上去很壮观。我们都跟在后边，山林中的路着了雨水，像玻璃一样滑，我们几个外来人，三步两步就是一跤。果士克和何海清看见了，非要我们骑驯鹿不可，我们说什么也不肯。后来果士克有点生气了，板起面孔不理我们了。还是好开玩笑的小杨打破了僵局，他冲着果士克说："怎么，驯鹿是给妇女和小孩

猎乡风光

骑的,非要我们骑,是不是不把我们当男子汉看啊?"这一下可把果士克逗得笑了起来。

一个多小时以后,我们来到了山顶上的一块开阔地。雨比先前小多了,但山顶上大雾弥漫,面对面看不清眉眼。驯鹿在空地上围成了圆圈。拉吉米大叔站在中间说:"今天的狩猎点就扎在这里了。"说完大家都分头砍小树杆,忙碌着搭撮罗子。

等到撮罗子搭好,天空突然放晴了,快要落山的太阳把西边天空的浮云烧得通红通红。山顶的大雾也已散尽,俯首远望,雨后的群山青翠葱笼,像是狂涛汹涌的大海,壮观极了。这是登

泰山观日出，上峨眉望金顶也难于见到的又一种奇观！

为了减少猎民的麻烦，我们没让猎民们专门为我们搭撮罗子，我们几个分散到各家各户，我自报住安刀大叔家里。进了安刀大叔的撮罗子，地上已经点燃一堆旺盛的篝火，安刀大叔从桦皮袋里拿出一件短褂和一件没毛的鹿皮褥，要我把淋湿的衣服换下，他说，猎民有句俗话：落脚第一步，先烤衣和裤，衣服干了身子暖啊！夜里要起风，那可受不了。我照着安刀大叔讲的，换下衣服，在篝火上一会儿就烤干了，当重穿上我的衣服时，才发现安刀大叔还穿着那身被大雨淋湿了的衣服，真不知说什么好。我为安刀大叔烤衣服，他拿了一根皮绳到外边找松柴。我说，天不早了，今天的柴够煮饭就行了，明天再说吧！他说，没饭吃饿一顿可以，没柴烧冻一夜可不行啊！大兴安岭的天，孩儿的脸，说不定半夜会飘起雪花来的。"怎么，才九月份就飘雪花？那三九严冬可就更冷了吧！"我有点不解地问。"年轻人，你不知道，这大兴安岭九月下雪是常有的事。"安刀大叔出去后，外边起风了，只听林涛由远而近呼呼作响，恰似海涛拍岸。冷风从撮罗子下边的缝隙中吹了进来，背上顿觉冷飕飕的打起冷颤。别说下起大雪，就是这样的天气，在这四面透风的撮罗子里，一夜没有火怎么能受得了呢？

没多大功夫，安刀大叔背了一大捆松柴回来

林中小溪

了。松柴可真是极好的燃料，虽然湿乎乎的，像是刚从水里捞出来似的，可往火堆上一放就噼噼叭叭着了起来，还不停地闪着亮光。这一天夜里，吃罢味道香美的煮犴肉干，围着红红的火堆，安刀大叔很自然地又给我讲了一个关于火的真实故事。据说有个叫安吉斯的猎人，独自到深山去狩猎，突然生起了病，他走了很远很远，在一块高地上搭起了撮罗子。他挣扎着拣来了干柴，要烧火取暖和煮饭，可是却发现没有带来火柴。夜里又下起了大雪，安吉斯披着仅有的一块狍皮，蹲在撮罗子里瑟瑟发抖；天快亮的时候，一只饿狼又围着撮罗子吼叫了好一阵。饥寒同野兽一齐向他袭来，他想，没有火就只好坐以待毙了。但是他又不甘心这样死去，于是又在自己的身上仔细搜索起来，竟然在装烟的鹿皮荷包里发现一根折断了的火柴头。他高兴得几乎要跳起来了，这是生命的希望啊！一根火柴使撮罗子里的篝火熊熊燃烧起来，快要冻僵了的身子复苏了。他煮了一桶狍肉干，饱饱吃了一顿，病好多了。夜里，那只饿狼又来到这里，但看见火光，扭头就逃窜了。一根火柴头把安吉斯从死亡线上救了回来。听着这曲折动人的故事，我更加领悟了，为什么鄂温克人对火有那么深的感情。研究社会发展史的学者们把火的使用看作是人类历史发展上的伟大飞跃，可见火之于人类的重要。难怪欧洲人至今传颂着普罗米修斯盗天火到人间的故事，我国人民则把钻木取火的燧人氏奉为圣人。

////圈养驯鹿

敖鲁古雅风情 ◎ 火的神话 ◎

敖鲁古雅风情

◎ 林海之舟——驯鹿 ◎

敖鲁古雅是驯鹿的故乡，是我国唯一的驯鹿产地，我国仅有的千余只驯鹿全部产在这里。因此，人们都把鄂温克族称为饲养驯鹿的民族。

敖鲁古雅

敖鲁古雅风情

自由觅食的驯鹿

在一些大城市的动物园中，常常可以看到围圈驯鹿的栅栏旁挤满了游人，都被驯鹿那奇特的形象所吸引：鹿角，驴身，马脑袋，牛蹄，真是地地道道的"四不像"。人类对它的驯养，已有一千余年的历史。它主要产于欧、亚、北美三大洲的北极圈附近，北美洲的原始森林里，至今仍有野生驯鹿。当我们来到敖鲁古雅后才知道，这里就是驯鹿的故乡，是我国唯一的驯鹿产地，我国仅有的千余只驯鹿全部产在这里。因此，人们都把鄂温克族称为饲养驯鹿的民族。

就在我们到了狩猎点的第二天早晨，我睡得正酣，一只刚从林子里觅食回来的白唇公鹿，把头从撮罗子下边的缝隙里伸了进来，在我脸上直舔。睡梦中我以为是"黑瞎子"舔呢（因为在我出发前，一位在森林里度过十几个春秋的朋友一再叮嘱我，到了森林里要特别警惕"熊瞎子"，尤其是夜里，常常不声不响地来袭击你），吓得我从被子里猛地跳了起来，引得在地上为我们燃火的青年猎民金方哈哈大笑起来，笑罢，金方对我说：驯鹿的性情可温顺哩！不咬人也不踢人，因而它对人也不畏惧，我们鄂温克人把它当作最亲密的朋友。经金方这么一介绍，我对驯鹿便产生了一种亲切感，看到那非驴非马的"四不像"样子，觉得挺可爱。几天以后，我们几个外来人都和驯鹿交上了朋友。没事的时候，就从猎民家里拿出鹿蹄壳做成的盐袋，互相敲击，发出哪哪的声音，喜欢舔盐的驯鹿一听到这熟悉的声音，

弯弯的贝尔茨河，流向远方。

敖鲁古雅风情 ◎ 林海之舟——驯鹿 ◎

就都迅速围拢过来，争着把长长的脖子伸来，舔完盐便都依偎在我们身边不肯离开。驯鹿有个奇特的习惯，一般白天都集中在狩猎点周围，晚上在猎狗的护卫下到林子深处觅食。驯鹿的食物主要是森林中的苔藓、石蕊、蘑菇等低等植物。夏天，树木吐枝，百草萌发，驯鹿也少量吃一点杨柳嫩枝和白头草的细叶；冬天，大雪覆盖了大地，它们就用锨子一样宽大而锋利的前蹄刨开积雪寻找食物。一米左右厚的积雪，他们只要两三下就可刨开露出青苔。有这样的本领，它们才能适应每年积雪长达七八个月的严寒地区的生活。

　　驯鹿原是一种野生动物，在动物分类中属鹿科，鄂温克人称之为"索格召"，猎人们常常捕来食用。后来他们发现"索格召"善于在深雪、密林、沼泽中长途跋涉，就将其捕来驯养。传说有八个猎人进山，一次捕回六只"索格召"幼仔，带回来喂养驯化，后来逐渐繁育成现在这样温顺的家畜。在我国的史籍中，最早记载驯鹿的是《盛京通志》，书中称，一六二五年明朝将领进入大兴安岭一带就见到当地猎民饲养驯鹿。当时的官府曾把鄂温克猎民称作"使鹿部"。如今，在鄂温克猎人的生产和生活中，几乎每日每时都离不开驯鹿。因它在密林里穿行无阻，所以成了鄂温克猎人在山里唯一的运输工具，有"林海之舟"的美称。打猎时要靠驯鹿运猎物；搬家时要靠驯鹿驮载家当和供妇女孩子骑乘；下山购买粮食和其他日用品，还得靠它。五十年代和六十年

驯鹿群

代，国家派来的森林调查队，资源勘探队，测绘队以及到森林里来修铁路的铁道兵，都是由猎民们赶着驯鹿驮着行装为他们带路的。驯鹿的茸角经济价值很高，和梅花鹿、马鹿一样，是名贵的药材。鹿科动物中，别的都是雄鹿长有角，雌鹿无角，唯独驯鹿异于其他，雌雄都有奇特美丽的茸角。驯鹿的奶比牛奶的营养价值要高，可以做成各种可口的奶食。鄂温克人由于常年风餐露宿在山林里，妇女生了孩子一般都缺奶，他们就用驯鹿奶哺喂婴儿。有人说，鄂温克人是吃驯鹿奶长大的。有一位搞民族学研究的学者，在敖鲁古雅鄂温克自治乡调查以后，曾说：驯鹿对鄂温克

幼小的驯鹿生长速度之快是许多动物无法比拟的，母鹿在头年的秋末受孕，在第二年的春季迁移途中产仔。幼仔产下两三天即可跟着母鹿一起赶路，一个星期之后，它们就能像父母一样跑得飞快，时速可达每小时四十多公里。

民族的繁衍立下了汗马功劳。因此，鄂温克猎人特别爱护驯鹿，同驯鹿有着很深的感情。负责饲养驯鹿的鄂温克妇女更像疼爱自己的孩子一样照护驯鹿。四五月间，正是驯鹿下羔季节，她们就日夜守护在母鹿跟前；蚊虻繁殖的夏季，她们每天都要拔来熏蚊草，为驯鹿熏蚊。她们还给每只驯鹿起了漂亮的名字，遇上节日还要像打扮自己的孩子一样给驯鹿披红挂绿。特别是驯鹿一旦长大，猎民们就要给它佩带一只明光闪闪的兽铜铃。提到兽铜铃，果士克还给我讲过一个十分生动的故事。大约是五十年前，鄂温克猎民中瘟疫蔓延，巫医"萨满"胡说，这全是驯鹿传给人的。

猎乡兽医站经常为驯鹿检查疫病。

敖鲁古雅风情 ◎ 林海之舟——驯鹿 ◎

到森林里来做买卖的"安达"(即商人)认为有机可乘,就做了一种小巧的铜铃拿来说:这小铜铃能驱走魔气,只要驯鹿带上它,你们的瘟疫就可以解除。于是,猎民兄弟大量珍贵的鹿茸、熊胆被"安达"用小铜铃盘剥走了。"安达"的话当然是骗人的鬼话,兽铜铃不可能驱走"魔气"。不过,驯鹿带上兽铜铃,给寂静的山林增添了生气,野狼也不敢肆意为害了,因而给驯鹿带铜铃的习俗得以保留下来。解放后,国家十分关心猎民的生产和生活,专门指定山东省的一个铜器厂为他们生产兽铜铃,样子十分精巧,音质清脆悦耳,只用八角七分钱就可买到一只。

拉吉米大叔这个狩猎点上的养鹿组长叫玛丽亚索,她已经五十多岁了,眼睛不大好使,带一副黑边淡茶镜,是有名的养鹿能手。她带领着七名妇女饲养七百只驯鹿,每年都获得好收成。她有一手拿手的技术,哪只驯鹿病了,她从山里采来一些野草,一治就能治好。去年一只就要生羔的母鹿突然生了病,躺在地上打滚,玛丽亚索一看,发现是鹿羔死在肚里,她用桦树杆削了一把驯鹿善于穿越森林和沼泽地,是鄂温克猎人主要的生产和交通工具,鹿茸是十分珍贵的药材。

尖尖的木刀,把死鹿羔取了出来,母鹿得救了。大伙高兴得围着得救的母鹿跳起"欢乐之神"舞。玛丽亚索大婶说,要是死上一只驯鹿,妇女们都要心疼得痛哭一场。驯鹿一般都可活到十五到二十岁,平常是不准宰杀驯鹿的。过去没有医生时,有了病要请萨满来跳神,跳神时要杀一只白色驯鹿用以祭鬼。另外,人死了要杀只黑色驯鹿陪葬。除了这两种特殊情况,谁要是杀了驯鹿,就会被当作触犯族规而受到惩罚。鄂温克人把驯鹿当宝贝一样对待,驯鹿对它的主人也自然产生了感情。有个叫林克的妇女,也是饲养驯鹿的能手。她亲手饲养过一只最心爱的驯鹿,被送到北京动物园供游人观赏。两年后,她参加了国家民委组织的少数民族参观团到北京。第二天,她就特地赶到动物园看她饲养过的驯鹿。她站在人群中情不自禁地呼喊驯鹿的名字,谁知这只驯鹿一听到这熟悉的声音,便照直朝她奔来,把头从栅栏里伸出来嗷嗷直叫,林克高兴得不得了,便把提包里的苹果、面包一齐拿出来喂了驯鹿。这引起围观人群的极大兴趣,并传为佳话。

鄂温克猎人把驯鹿当做宝贝,还有个原因,

敖鲁古雅风情

驯鹿用不着人工跟群放牧。它们天生就愿在林间自由觅食。驯鹿喜欢吃苔藓、蘑菇等菌类植物。图为在林间自由觅食的驯鹿群。

就是驯鹿的价值很高,像是一棵摇钱树。一只驯鹿一年的茸就可卖几百元,加上出售一些供公园观赏的驯鹿,光这一项全年就可增加三五万元的收入。我曾问过果士克:能不能把驯鹿引到其他地区饲养,使我国驯鹿有个大发展?果士克回答说:现在的主要问题是,驯鹿现在还是一种半野生半家养的动物,吃的又是其他地区很难找到的苔藓等低等植物。如果经过驯化,能改变现在的饮食习惯,完全可以舍饲,大发展是完全有可能的。现在我们已在山下创办了试验场。

我们从狩猎点回到敖鲁古雅村第二天,一大早,天阴沉沉的,还星星点点地飘着细雨,果士克便带我们去参观乡里办的驯鹿试验场。试验场设在离猎村十几里远的公路边上,三面环山。这每年9月中至10月为驯鹿的交配季节,争雌斗争非常激烈。雌鹿受胎率较高,每产多为1仔,偶有2仔。

里原是森林管理局开发原始森林时小工队住过的地方,两排高高的木架子房作为鹿圈,前边两间低一点的房是场部办公室和宿舍,四面是桦木杆围扎的洁白色的栅栏。

试验场的场长兼技术员是一位高个子"山东大汉",名字叫李士臣,满口山东腔。本来他是额尔古纳左旗一个镇里的招待所所长,可能是生活在森林里接触了动物的原因,不知什么时候,他迷上了动物,什么熊呀、虎呀、鹿呀,都引起他极大的兴趣,常常冒着危险一个人独自到山林里去考察,买了各种有关动物书籍学习,好像立志要做个动物学家了。去年,他打听到敖鲁古雅乡要办驯鹿试验场,就跑到旗委求情,旗里领导答应了他的要求,于是他便当了这驯鹿试验场的场长。有人说，放着所长不干，到深山里去养"四不像"，你是寻着去找倒霉。"山东大汉"有股犟脾气，不仅自己不怕倒霉，还动员老伴也和他一块去了。

试验场一开张，从山上接下十八只驯鹿，第一期试验的内容，主要是改变驯鹿的饲养习惯，由野外放牧改为舍饲，变吃苔藓、蘑菇等低等植物为丛桦、豆饼等一般饲料。经过近两年的试验，已基本获得成功。李士臣领着我们来到鹿圈，最初从山上接下的十八只驯鹿只只膘肥体壮。他指着九只欢蹦乱跳的小鹿说：这是今年春天在试验

猎民建起了驯鹿场，探索人工养鹿途径。

场里生下的第一代驯鹿，等这些小家伙长大，适应性就强了。

从畜牧业发展史中我们知道，现在的许多牲畜都是通过人类的驯化而变成家生的，从野生到家生这个适应的过程是漫长的。然而，在人类历史上，这个过程的实现是一次飞跃，这个飞跃给人类带来的是进步和文明。我们可以预料，李士臣和他的伙伴们的事业一旦成功，也必将是鄂温克民族历史上的一件大事，也必然会促进鄂温克民族的进步与文明。

驯鹿性情温和，觅食苔藓等野生植物，适宜在大兴安岭高寒地带繁衍生息。驯鹿的毛色有褐色、灰白色、花白色和白色。

敖鲁古雅风情

◎ 鹿鸣声声 ◎

这一次两只鹿的茸角绞在一起,像用绳索捆在一起一样,不过各自都不示弱,还是互相撞击着妄图使对方屈服。还是老公鹿的茸角坚硬,只见它顶着小鹿朝前动了两步,然后猛地将头一甩,小鹿的两枝新叉便被折断,两只鹿终于分开。

马鹿又叫赤鹿、八叉鹿、白臀鹿,生活在高山、森林和草原,在我国分布于东北、西北和四川、西藏等地。

"到了猎乡,一定要跟着猎民去看看捕鹿,那是最有趣不过的了。"出发前,一位朋友不止一次地对我这样说。我也早就听说过,在大兴安岭密林中的动物世界中,马鹿是为数最多的"居民",加之经济价值高,因此,捕鹿便成为世代生息在森林中的鄂温克猎民最主要的生产活动了。可是到猎乡好几天了,却不见猎民们去捕鹿,也没听到他们谈论有关捕鹿的事,我急了,谁知这一辈子还有没有再进这原始森林的机会?就去向果士克打听。糟糕!原来是捕鹿的季节已过,而平时是不准随便捕鹿的。以前,捕鹿是不分时间的,不管什么时候,只要碰到鹿,猎民们一般是不会轻易放过它们的。当然,最好的季节还在五、六月份,因为这个时候鹿茸又大又好,鹿的经济价值就高;过了这个季节,捕到的鹿也就只能吃肉,用皮,其他经济价值就差多了。解放后,国家颁发了野生动物保护条例,猎民们制定了护、养、猎并举的生产方针,对鹿不像以前那样不分青红皂白地乱捕乱猎了。尤其是最近这些

无边的林海

年，他们为了保护好国家野生动物的资源，制订了一系列行之有效的措施。例如规定五、六月为捕鹿季，除此而外则为禁捕季，尤其在八、九月，更是严禁捕鹿，因为这个季节正是马鹿发情交尾期。他们还规定每年捕猎有一定数量，不准超数量多捕，捕猎时尽量找茸角大的捕，不准捕母鹿和小鹿。这些规定，猎民们都像对待法规一样严守不违。有一年"六一"儿童节，猎民学校的孩子们在老师的带领下到山林里去野游，碰到一只受伤的小鹿，孩子们就把小鹿抱回学校，包扎好伤口，把它抚养起来。他们把自己吃的驯鹿奶拿来喂小鹿，每天还轮着到山里为小鹿割回最新鲜的胡枝草，采回各种小鹿爱吃的青草。后来小鹿恢复了健康，壮得像一只小牛犊，他们又把它放回山林，去寻它的爸爸妈妈去了。注意了对鹿的保护，森林里的鹿很快就多了起来，猎民们常常能碰见成群成群的鹿，这在过去是没有过的。

听着果士克的介绍，使我十分赞赏猎民们这严肃的狩猎态度。同时也惋惜我们来得不是时候，别说是有趣的捕鹿场面，就是连个鹿的影子也很难见到啊！果士克可能是猜出我的心情，便说：其实捕鹿没什么好看的；如果有兴趣，今晚咱去看看两雄夺雌的鹿决斗，那才有意思哩，保叫你们大开眼界，一饱眼福。聪明的果士克真会理解别人的心情，他的提议我当然一万个赞成了。我把这个消息告诉给我的两个同伴，他们竟像孩子似的摩拳擦掌，难于挨到天黑。

那一天是阴历的八月十二日，月亮早早地爬上了树梢，从枝叶间洒下来柔和的月光，像是筛子里筛下的，给这原始森林增加了一种庄严肃穆而神秘的气氛。我和两个同伴每人带了把猎刀，他们还想带摄影机，可是在森林里的夜晚，就是有再好的镜头，摄影机也是无能为力的。因此只好作罢。果士克背了一杆猎枪，腰里挎着一个桦木做成的牛角形状的鹿犴哨，一头粗，一头细，大约有二尺多长。就像猎民人人都有猎枪一样，这鹿犴哨也是猎民最基本的狩猎工具，家家都有。鹿犴哨能发出鹿鸣和犴叫一样的声音，从小头上吹是鹿鸣声，从大从事牧业生产的鄂温克族，多以乳、肉、面为主食，每日三餐均离不开鲜奶，也常把鲜奶加工成酸奶和干奶制品。

猎民吹响自制的鹿犴哨，用它来诱惑鹿、犴的到来，以便捕获。

马鹿浑身是宝，其鹿茸、鹿胎、鹿鞭、鹿尾和鹿筋是非常名贵的中药材。

头吹则是犴叫声。在捕猎鹿和犴的时候，猎人们就是用它来诱惑犴、鹿上"钩"的。

我们翻过了狩猎点北面的山坡，这是一块林相稀疏的阴坡地带，是疏疏落落的白桦和樟松的混交林中常有的一块不太大的空地。果士克说，夏秋季节，马鹿一般都活动在这样的地带，尤其是交尾季节，他们都愿意到这林相稀疏的地方来，以便遇到情敌时好摆开架势决斗。我们找了一个低洼背风的地方蹲了下来，果士克说，这样做是为了不让鹿嗅到我们的气味，因为马鹿的鼻子特别灵，要是我们站在上风头，马鹿在几里之外便可嗅到的。不过交尾发情的季节，他们的这种本领要弱一点，常常被情欲驱使，忘乎一切，因而每每陷入猎人的圈套。

果士克一再警告我们，只管看不准出声。于是他抱起鹿哨吹了起来，呜呜－哇哇－呜－，这声音由低到高，由缓慢到急促，又由急促到缓慢，渐至消失。稍停片刻，果士克大概换了口气，便

猴头菇

又像刚才那样呜呜－哇哇－呜－地吹起来，这声音像在森林里刮过一股微风，震颤了树木枝叶响彻在整个山林。这一次的声音刚刚落下，即有一只马鹿回鸣了，呜－哇－呜呜－那声音只是比鹿哨吹出的稍稍低了一点，快了一点，但尾声却拖得老长老长。

这时，我们几个都屏住了呼吸，心怦怦地跳着，等待那盼望已久的时刻的到来。

不一会儿，便听见树林里喀嚓喀嚓的响声，一头体形高大的公鹿在对面的树丛中出现了。它不时地摆动着头上顶着的美丽的角叉，慌慌张张地四处张望着走来了。走在一块林间空地上，便昂着头站在那里不动了，它来回转动着身驱，似乎想从四面的空气里嗅出什么气味。就这么原地转了一百八十度以后，又昂起头鸣叫起来。叫声刚刚停息，东边响起了粗犷的鸣叫，这声音有点儿像喇嘛庙里牛腿号的声音，沉闷绵长，大约延续了五六分钟。接着林子里冲出一头四平头老公马鹿的天敌有狼、熊、雪豹等，但由于它性情机警，嗅觉、听觉非常灵敏，奔跑迅速，体大力强，又以角为武器御敌，所以能与这些猛兽搏斗。

鹿。从鹿茸的角叉一般可以判断出鹿的年龄。小鹿第一年没茸，第二年便开始长茸，以后每年增加一叉，计算鹿的年龄只要按照角叉的数目再加一就可以了。不过超过八叉以后便不再长了。两只公鹿一接近，便都虎视眈眈地站在那里观察对方的行动。忽然两只鹿似乎一齐尖叫了一声便同时向对方冲去，角叉沉重地撞击在一起，发出喀嚓喀嚓的声音，间或还可以听到从他们胸腔里传出来的喘息声。几个回合之后，两只公鹿各自向后退了几步，似乎都在积蓄力量；但刚刚离开，又一齐扑向对方，这一次两只鹿的茸角绞在一起，像用绳索捆在一起一样，不过各自都不示弱，

还是互相撞击着妄图使对方屈服。还是老公鹿的茸角坚硬，只见它顶着小鹿朝前动了两步，然后猛地将头一甩，小鹿的两枝新叉便被折断，两只鹿终于分开。人们都说，茸角是鹿的桂冠，他们十分爱惜自己的茸角。小公鹿一看自己的新茸被折断，似乎受到了沉重的打击，气势顿减，连连向后退了下去。老公鹿见情敌退缩，便一鼓作气从后追去，很快便消失在林中。这时我们才看到就在两头公鹿决斗的旁边的树丛中站着一头母鹿，可能刚才它也像我们一样静静地观看着两只公鹿的搏斗，要不我们怎么会没有发现呢？等到两只公鹿的声音消失了，这母鹿才扬起前蹄尾随而去。

一场激烈的决斗结束了，紧张的心情也随之松弛下来。这时我才发现，四野山林里鹿鸣声声，有高亢有力的，有低沉绵长的，有尖声细气的，也有粗犷大嗓的，把个恬静的森林鸣叫得一片喧腾。月亮西斜，借着月光一看手表，已经到十二

点了,我们便心满意足地返回。路上,果士克又端起长长的鹿哨,呜呜－哇哇－呜－地吹起来,一开始听到这声音还不觉得什么,因为我们还没有听过鹿鸣,听了森林里的马鹿鸣叫,现在再听鹿哨,我的心立即被震动了,这鹿哨的声音和鹿鸣简直分辨不出来!鄂温克兄弟,聪明智慧的民族,难怪马鹿被迷惑,我不禁赞叹起来。

果士克听了我的赞扬说,同野兽打交道,不仅要勇敢还要有智慧,就说马鹿,它一小时跑五六十公里是平常事,我们长了飞毛腿也追不上啊,要捕捉他就得有巧劲。说着他给我们谈起了他们是如何捕获马鹿的。

马鹿在发情交尾期,他们一般都是采取用鹿哨引诱的办法,在夜里吹起鹿哨,让鹿乖乖地寻着枪口来送死。在春夏等其他季节,他们多用陷阱捕鹿,猎民们叫做鹿窖。白天猎民到山林里侦察鹿的行动路线,然后在鹿必须走的路上挖下很深的陷阱,上面用树枝柴草等伪装起来。马鹿有个习性,就是特别好吃盐,哪里有盐碱土就往哪里去。按照这样的规律,猎民们常常把鹿窖挖在有盐碱的低洼或水泡子附近的路口上。夜间，猎民们便埋伏在陷阱附近，等到误入迷途的鹿掉进陷阱，猎人便马上扑上来拖住鹿茸，将鹿杀死，免得鹿茸受损；因为鹿有个怪脾气，一旦知道遭到伤害，首先要将鹿茸撞坏。

　　鹿哨诱猎，鹿窖陷捕，这些可都是比较科学的捕猎方法啊！我的同伴们听了都这样赞赏。果士克呵呵地笑了："这算啥科学，过些日子你们来吧，我们要实现猎业生产现代化哩！""这猎业可不能现代化的，现代化了要把动物捕绝了的。"小方在一边插话说。"哪里？正是为了更好地保护动物资源才需要赶快实现现代化哩！"果士克富有感情地描绘了他的现代化蓝图,"我准备在林中找一块林茂草丰、有山有水的原始森林作为马鹿护养区,四周用电围栏围起来,把里边那些狼熊虎豹等食肉兽赶出去。捕捉一批马鹿放到里边,马鹿要是没有狼熊虎豹的糟害,加上我们有计划地补饲一些草料,繁殖可快了,用不了多久,那里就会变成一处天然鹿场。每到鹿茸成熟季节,我们就背上麻醉枪来了,哪只鹿的茸需要割了,一打麻醉枪,鹿倒后把茸一割,就再把鹿放开。你想那时候我们猎民就不用像现在这样到处游猎了,我们猎场附近再建一处猎季居民点,等到猎季一过,就回到定居点,那时猎民们,对国家的贡献也就更大了。"

驯鹿出没的地方

鄂温克族老阿妈玛力亚索是优秀驯鹿能手,她从小就牧养驯鹿,积累了三十多年的经验,这是她给驯鹿喂盐

敖鲁古雅风情

◎ 撮罗子里采风 ◎

大兴安岭的白桦树有多少？谁也数不清。鄂温克的民歌有多少？三天三夜也唱不尽。贝尔茨河的流水，常年不息没有干枯的时候；满肚子歌儿的鄂温克人，哪有不歌唱的时候！

敖鲁古雅风情

　　过去，我只知道鄂温克猎民勇敢强悍，这次同他们在一起生活一段之后，觉得能歌善舞是他们更为擅长的一大特点。尤其是那优美动听的鄂温克民歌以及他们对唱歌的酷爱，引起我极大的兴趣，我这个向来对唱呀跳呀不大感兴趣的人，竟产生了搜集和调查鄂温克民歌的念头。

　　一位鄂温克猎民给我讲过这样一个美丽的传说：有一年，呼伦贝尔草原遭了一场特大风暴，草原上一群喜欢歌唱的百灵飞进了大兴安岭避灾，它们一到来，往日安静、寂寞的森林就响起它们优美动听的歌声，林中的百鸟都来向它们学习唱歌。在林中称王称霸的秃鹰怪却十分嫉妒百灵美丽的歌喉。一天，秃鹰怪欺负百灵不会在树上降落，就提出要和百灵鸟比赛在天空飞翔，条件是飞累了可以在树上休息，但不能落地。山神听到了，知道这是秃鹰怪想害死百灵，就到百灵们住的草丛中吹了一口仙气，于是一只只百灵鸟变成了一个个背着弓箭的英武的猎人，等秃鹰怪来叫战，他们就一齐张弓搭箭，射死了秃鹰怪。

白色小驯鹿十分温顺。

兴安岭百鸟的王国里从此安宁了。百灵变成的猎人,就是如今最爱唱歌的鄂温克民族。传说是人们美好愿望的一种寄托,当然是不可信的,但鄂温克人爱唱歌却是事实,正像他们自己说的那样:我们鄂温克人说话不如唱歌的时候多。朋友见面,首先唱着歌儿互相问候祝福;久别的亲人重逢,用歌声来诉说别绪离情;青年男女相爱,以歌代言倾吐双方情感;喜庆时,他们引吭高歌,抒发欢乐的情怀；痛楚时，便哀婉低吟，表达内心的悲愤……

> 大兴安岭的白桦树有多少？
> 谁也数不清。
> 鄂温克的民歌有多少？
> 三天三夜也唱不尽。
> 贝尔茨河的流水，
> 常年不息没有干枯的时候；
> 满肚子歌儿的鄂温克人，
> 哪有不歌唱的时候！

　　就像这首歌里唱的，鄂温克族的民歌极其丰富多彩，鄂温克猎乡简直是民歌的海洋。但是，由于鄂温克族没有自己的文字，加上长期与外界隔绝，所以他们的民歌也只是"口头文学"，随唱随失，流传下来的却很少。

　　海清对我说：你要是等到秋后来就好啦，秋后有好几对青年要结婚。鄂温克婚礼是歌手们大显身手的场所。那时你要来了，就可以收集到很多很多的民歌。婚礼举行两天，第一天新郎和伴郎由家里长者带领，先到新娘家；女方则由伴娘和长者带领出来迎接；伴郎和伴娘都是猎民中有

影响的青年歌手。他们见面后,首先由伴娘挑唱伴郎对歌,伴郎如果对不上,就要受到取笑,并

撮罗子一般都建造在地势较高、阳光照射充足而且水和柴草就近可取的平坦之处。

不让进门。如果伴郎对不上,可请新郎来对;新郎对不上,男方长者也可对;如果都对不上,就得新郎家来的人每人唱上十二支歌,方可进撮罗子里入席,参加早已准备好的宴会。席间又是边喝酒边唱歌,直到太阳西斜,男方家的来人便都回去,新郎留在岳父家和新娘度过第一夜。第二天清晨,新郎领着新娘回家,女方也要有与第一天男方同样多的人送新娘子到新郎家。到了新郎家,同女方家的仪式一样,男方昨天去女方家的伴郎和长者同样迎在外边,见面后伴郎挑唱,伴娘对歌,所不同的是,女方家来的人如果对不上,

则换成新郎挑唱，新娘对歌；新郎不像伴郎那样有意难住对方，而是唱些新娘容易对的歌，如果新娘对上了，两人一起唱一支歌就可进入筵席。

在撮罗子里畅叙友情。

席间是婚礼的高潮，歌手们都要在这里大显身手。这种活动一直持续到深夜方散。

"鄂温克婚礼简直是个赛歌的大会啦！"听了海青的介绍，我不由地赞叹道，"可惜这次我们是赶不上啦！"

"不过，我们给你们把歌手们都叫来，你们不是一样可以收集吗？"果士克忽然出了个主意。"那当然好了！"我为果士克这种热情十分感动。

当天，果士克和海青专门腾出一间最大的撮罗子，叫来了七八名歌手要我去采风。人们常说，爱唱的人听见锣鼓响嗓子就发痒。鄂温克猎民只要有几个人在一起，就要尽情地唱起来。还没等我的后脚迈进撮罗子，他们就一齐唱了起来：

> 松枝上长满成熟的松塔，
> 白桦的叶子涂上了淡淡的黄色，
> 驯鹿的角儿又长出了叉，
> 这时节我们多么欢乐。
> 兄弟姐妹们欢聚在一起，
> 把那些不痛快的心事都抛下，
> 放开那山林里练出的金嗓子，
> 把心里的歌唱给山下来的兄弟吧！

听这歌词好像是随唱随编的，可是他们七八个人唱得像一个人一样一致，整齐。

鄂温克猎人认为会打猎的不会唱歌不是好猎手，因此，好多有名望的猎手同时又是出名的歌手。拉吉米大叔打猎弹无虚发，同样，唱歌也没有谁能比得过他。他不光有一副好嗓子，他还有着令人惊奇的记忆力，不管什么民歌，只要让他的耳朵一听，就能完整无缺地唱下来。现在鄂温克猎人中，他的民歌最多，尤其是好多人不知道的古老民歌。因此鄂温克歌手们不论老少男女，对他都很尊重。这会儿，首先唱歌的当然是他了。他一连唱了十几首，多是一些已不流传的古老民歌，连在场的歌手们也都没听过，内容大都是歌颂森林的美丽和赞扬家乡的富饶。听了令人陶醉，其中有这么一首：

亲爱的朋友，
你知道人世上哪里美？
请到咱无边的森林里，
看看这鹿毛一样多的林木，
翡翠一样的青山，
还有那明镜一样的湖水。

▼ 天然次生林

鄂温克民歌，内容十分广泛，有歌唱爱情的，有赞颂团结和友谊的，有宣扬扶助孤寡、助人为乐精神的，但绝大部分还是反映他们追逐野兽、栖息山林、漂泊动荡的狩猎生活的。较有代表性的是《猎人歌》：

> 是猎人就不怕爬冰卧雪，
> 是猎人就敢和虎熊作伴；
> 要是没有日行千里的快腿，
> 就不要在山里混饭；
> 要是没有百发百中的枪法，
> 就称不上堂堂的男子汉。

鄂温克民歌有十分显著的特点，那就是欢快，豪放，节奏感强烈，但是也有一些低沉缠绵、催人泪下的悲歌。六十多岁的老人敖高列年轻时是鄂温克姑娘中出名的歌手，她走到哪里就把优美的歌声带到哪里。人们说，她唱起了歌，山村里奔跑的鹿听到会停在那里，蓝天上飞翔的鸟儿会落在她的周围。好多青年小伙子都来向她求爱，想讨她做妻子。敖高列选呀选，最后下不了决心，不知该答应谁。可能是心思过重，她吃饭不香，睡觉不眠，面色憔悴，她病了。父亲给她请来萨满（巫医），萨满说她，命中注定不能结婚，她的病是因为心里有邪念。要健康一生，必须永远不结婚,还要她的思想里永远不要有结婚的念头。可能正是这愚昧的邪说,误了她美好的青春。敖高列老人给我们演唱了一首自传体民歌:

> 拿来镜子照照,
> 满头的乌发变成了银发;
> 来到山林里走走,
> 腿脚已经不利落;
> 看看同年的姐妹们,
> 儿孙满堂充满了欢乐。
> 可看看我呀,
> 伴我的孤影一言不发。
> 悔恨呀,
> 轻信了萨满的胡话
> ……

和所有的文艺形式一样,鄂温克民歌也是生活的反映,时代的反映。生产的发展,生活的进步,也必然带来艺术的繁荣。在鄂温克民歌的历史上,解放后的一段时间,可以称得上是鄂温克民歌的黄金时代。解放后,鄂温克猎民获得了新生,因而在他们的民歌艺苑中又增加了许多歌颂党、歌颂社会主义、歌颂猎民新生活的新歌。一些四十来岁的猎民回忆说,党和政府把他们从山里接出来定居下来的那几年,生活有了保障,疾病得到了医治,孩子上了学校,人们都想把心里的欢乐唱出来,都想把对党对政府的感激之情唱出来。那时候,人人都编歌,人人都唱歌,一到年呀节呀,或是大伙儿集会,都要赛赛歌,看谁又编什么新歌了,看谁唱得动听。究竟大伙创作了多少新歌,谁也没有统计过,反正在公众场合每个人都能随口唱出十支八支自己编的新歌来,有一些民歌还被广播电台录了音,在报纸杂志上刊登过。有一首几乎人人会唱的《太阳歌》，旋律优美，情真意切，抒发了鄂温克猎民对党的深厚感情，唱出了他们的心声：

> 黑压压的千年老林透亮了，
>
> 是因为金色的太阳升上了东天；
>
> 白皑皑的兴安岭暖和了，
>
> 是因为阳光融化了满山冰雪；
>
> 饱尝苦难的鄂温克猎人得救了，
>
> 是因为党的阳光照进了深山。
>
> 金太阳，我们的救星，
>
> 共产党，我们心中的太阳。

"四人帮"横行的年月，猎民们深受其害，他们用歌声来声讨"四人帮"，用歌声激励大家同"四人帮"斗争。粉碎"四人帮"后，猎民们欢呼、跳跃，他们又放开喉咙歌颂党的伟大，歌颂人民的力量，歌颂鄂温克猎民重新获得的新生活。有一个叫英山的小伙子，被猎民们称作小音乐家，是原来的乡长坤都依万的儿子。坤都依万是鄂温克人中最有影响的人物，解放前曾以部落首领的身份同俄国、日本侵略者进行过坚决的斗争。解放后他拥护党的领导，成为国家干部,被选为民族乡乡长。并作为鄂温克民族的代表多次出席过自治区和全国的许多重要会议,在一次全国人民代表大会上,周总

鄂温克妇女十分珍爱驯鹿。

理亲切与他交谈,询问鄂温克人的情况,鼓励他为鄂温克民族的发展和繁荣做贡献。可惜,"文化大革命"前夕,疾病夺去了他的生命。"文化大革命"中,"四人帮"一伙连已故的乡长也没放过,把他打成特务,反革命,并株连了全家,英山自然成了"狗崽子"而受到迫害。粉碎"四人帮"后,英山凭着他的音乐天才,自谱曲、自编词,创作了十几首欢庆胜利的歌曲。为了表达他的心情,小伙子自己拉着手风琴,为我们演唱了他的歌子,其中有一首唱道:

> 一场春风吹过山岭,
> 沉睡的贝尔茨河翻起波浪;
> 一场春雨落进森林,
> 皑皑群山染成了鹅黄;
> 一声惊雷响彻天际,
> 猎人的心头百花齐放;
> ……
> 春风、春雨、春雷,
> 给严寒的猎乡带来了春光。

小伙子声情并茂的演唱令我陶醉。我真真切切地感到我的两眼滚出了泪珠,我的心完全和小伙子的心融在一起了。我听过不少著名演员的演唱,但从来没有像这一次触动我的感情,小伙子的歌声把我征服了。

有人说,鄂温克民歌是一颗闪闪发光的艺术明珠,我却认为何止是一颗明珠,她本身就是一座民族艺术的宝库,有待我们艺术领域的开拓者去探索,采掘和开发。

猎乡排球比赛。

猎民之子英山边拉边唱。

敖鲁古雅风情 ◎ 摄罗子里采风 ◎

敖鲁古雅风情

◎ 跟踪猎熊 ◎

两只棕熊,一大一小,已经冲出松林。我赶紧蹲下,顺势一枪就把领头的那只大熊撂倒,再要开枪时,已经来不及了,那只小熊已经像闪电一样地扑上来了。

鄂温克猎民把熊作为自己的图腾，甚至认为熊是自己的祖先，他们是熊的远亲。

"汪汪！汪汪汪！"天还没亮，我们就被一阵猎犬急促的吠叫声惊醒了。睡在我旁边的海青猛地从地上坐起，揉了揉惺忪的睡眼，把耳朵贴在撮罗子的桦皮围墙上侧着脑袋听了听说：不好啦，一定是驯鹿出事了。猎民们都知道，驯鹿没有回来，护卫驯鹿的猎狗是绝不会首先回来的。今天两只猎狗赶在驯鹿之前回到狩猎点，一定是出了什么事，尤其是从那带着一种凄楚的叫声里，可以听出一定是它们守护的驯鹿遭到野兽袭击了。

等我们走出了撮罗子，拉吉米、安刀、果士克等猎民都已背着猎枪出来了。只见两只猎犬一边叫着，一边不安地在地上转圈，还不时伸开两只前腿在地上乱抓。这两只精灵好像是懂事的仆人在给主人诉说什么不幸。拉吉米大叔看了看大伙说："我们的宝贝又遭黑瞎子的害了，海清，你和我去看看，不能让那家伙老占便宜！"

一听说拉吉米大叔和海清要去寻踪猎熊，我

和我的同伴急了,这可是个难得的机会啊!我们提出要一块去,拉吉米大叔看了看我们说:"黑瞎子可凶哪!""有您在,我们什么都不会怕的。"这几乎是我们同时的回答。拉吉米大叔一听呵呵地大笑起来,他没有说话,只是将手里拿着的猎刀朝前一挥,像战场上的将军下出征令一样,意思是:开路吧!我挎了把猎刀,两个同伴带了照相机,我们一行五人在猎犬"宝勒"的带领下出

猎民们拉着驯鹿、带着猎狗出猎。

发了。

清晨的森林里,地上杂草像是刚从水里钻出来一样,脚一踏进去,膝盖以下就全被露水打湿了,钻心透骨地凉。四周还是黑糊糊的一片,只是隐约可见人影晃动;透过那直指云天的树干则能看到,天幕已渐渐拉开放亮,晨光熹微;星星还

敖鲁古雅风情

鄂温克猎民虽说以狩猎为生，在古时却不猎熊，随着社会的发展，图腾观念的淡薄，生产工具的先进，才打破了不猎熊的禁忌。

在不停地闪耀，不过那小钻石一会儿比一会儿稀少微弱，直至完全隐没于浩邈的苍穹。我们行进在林间，像潜行于深海底层，没有一个说话的，只听见大家急促的脚步声和撞击树枝的声音，偶尔惊起几只栖息在草丛灌木中的飞鸟，扑楞扑楞地飞向天空。

这么默默地行进了约莫一个小时以后，天已大亮了，前面林子里传来了叮铃叮铃的鹿铜铃撞击声，在这万籁俱静的林间，那清脆悦耳的铃声，胜得过最优美的乐曲。可是这个时候谁有心思欣赏？驯鹿像是通人性一样，见了我们像是受了委屈的孩子突然见到大人，都一齐依偎过来，有的把头紧紧贴在我们的胸前，有的亲昵地吻着衣角。拉吉米大叔和海清挨个清点了一遍，说是一只三岁花脸母鹿不见了。海清说，那只花脸鹿今年一胎下了两只鹿羔，体质不好，被黑瞎子糟害的往往都是这些不强壮的弱鹿。

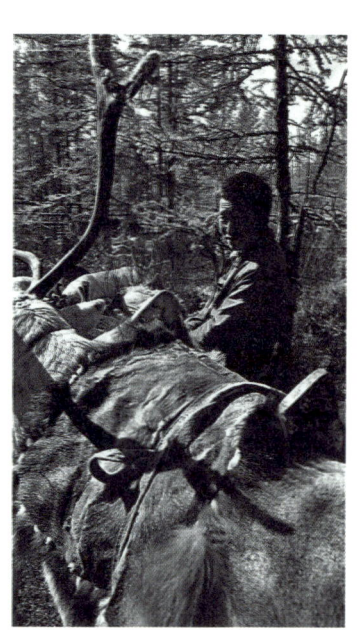

狩猎之前

就在几十米远的一棵巨松下面，我们找到了一堆驯鹿的骨头，拉吉米大叔和海清一看就断定这是熊瞎子干的，他们说，黑瞎子糟害驯鹿一是在地上留不下什么痕迹，二是除了几根干干巴巴的骨头和硬碴碴的鹿毛，其他几乎都一吞而进，别的野兽就没有这个本事了。我们仔细一看，果然，除了一堆骨头压倒一片青草，周围几乎还和别的地方一模一样。再看那些骨头，都被舔得干干净净。旁边是几团嘴里咀嚼过的鹿毛，其他什么也没有了。拉吉米大叔观察了周围的地形，又仔细辨认了地上留下的熊踪，说：这家伙就在附近，可能饱餐以后已进洞睡大觉去了。他把"贝格"和"宝勒"喊过来，说了些我们听不大懂的口令，两只猎狗摇了摇大尾巴，一边在地上嗅，一边像箭一样地朝前跑去。森林里的猎狗有个独特的本领，一是夜间领路，就是伸手不见五指的夜晚，它们仍和白天一样，可以准确无误地把你

敖鲁古雅风情

老猎手拉吉米是神枪手,在他的手下没有跑掉的动物,所以他十分受人尊敬。

领到目的地;另一是嗅踪,只要时间没出两天,它们都可以从脚踪上嗅出是人,是狍鹿还是虎熊,还可以嗅着踪印准确地把它们的窝穴找到。

猎狗跑得很快,把我们远远地抛在后边,当我们翻上一座小山包的时候,突然听到猎狗凶猛地叫了起来。透过一片稀疏的桦树林,我们看见,在半山坡的一棵巨大的桦树洞边,两只猎狗团团围转着在两边狂叫。显然黑瞎子就在这个树洞里。随即拉吉米大叔把我们五个人分成两组,我跟着海清从左边向下包围,他带着我们的那两位同行从右边向下包围。当我们走到离树洞只有百十米的时候,黑瞎子大概有点沉不住气了,猛地从树洞里跳出来,顺着山坡向下逃去。早已做好准备的海清端起枪来"叭叭"就是两下,黑瞎子应声倒下。可是一刹那间,那只呆头笨脑的家伙,在地上打了一个滚又站起来,向着放枪的方向扑来。这是一个大块头,站起来比矮个子的人还高。我被这突如其来的情景惊呆了。八十米、六十米,连那圆瞪着的凶狠的小眼睛和喘着粗气的大嘴都看得清清楚楚了。我侧过头看海清,他也呆呆地站在那里一动不动,我想喊又喊不出来,嗓子里像是塞上一团鸡毛,只好用手拉了拉他的衣角。他好像梦中初醒似的吸了口气,正要端枪,拉吉米大叔已从右边开枪了。凶猛异常的黑瞎子又应声倒下,"贝格"和"宝勒"像一阵风似的扑了上去。

　　这是一只棕熊,浑身长满了深褐色的长毛,两米多长,一米多高,重量大约在四百斤以上。反正我们几个人一齐动手才能把它从地上抬起来。它的嘴巴秃秃的,像是一把磨光了的扫帚头,耳朵长得小巧别致。如果没有看到刚才发了怒的那副凶恶相,倒觉得它还是十分可爱的动物哩。大兴安岭是棕熊的故乡,这里有丰富的芧果根、款冬叶、橡子、榛子和各种各样的野果,以及鹿狍等食草动物,都是它的天然食物,各种树木年久干枯而形成的树洞和山岭间的石缝,又是

敖鲁古雅

敖鲁古雅风情

它们理想的洞穴。棕熊经过一个夏季和秋季的捕食，身体中积累了充足的营养之后，一到严冬便可安安然然蛰居在里面冬眠。在大兴安岭这座天然动物园里，棕熊力大无比，凶猛异常，常常和虎豹争雄而称王称霸。也给生活在这里的鄂温克人民带来了极大的威胁。但是，在很长的历史时期里，鄂温克人却把熊当做图腾来崇拜。据鄂温克人说，这主要是因为熊能用后肢直立行走，前肢还可捉住食物送入口中。直立远望时，还常常用前肢搭起凉棚以遮光避目。这些特征，使得远古时期的鄂温克人把它当做人类祖先。过去他们只有在不得已的情况下为了保护自己才去伤害熊，至于吃熊肉，更是被当做禁忌。随着历史的发展和进步，鄂温克人对图腾观念渐渐淡薄了。以后他们又逐渐开始猎熊，而且开始吃熊肉了。不过，从一些风俗习惯中仍可以找到他们把熊当做图腾的痕迹，如为熊举行风葬仪式，就是很好的一个例子。

　　我们把打死的棕熊抬到几棵高大的松树下边，拉吉米大叔和海清拿出明光铮亮的猎刀，没有半个小时就把庞大的熊给剥开了。他把熊胆用一块鹿皮包起来，藏在腰里，把熊肉熊油包在熊皮里，用大石块压住，以便让家里的妇女们赶驯鹿来驮运。

　　然后举行了奇特的葬熊仪式。拉吉米大叔把熊的头和五脏、掌趾及10根肋骨用六根桦树皮捆好，放在空地上，在附近的松林里选了两棵紧靠着的枝叶繁茂的松树，自东向西地横搭了

◀ 冬日，深山密林里的狍子群。

鄂温克猎民还有一种习俗,打死熊后,直到吃肉之前任何人都绝对不能说熊是我们打死的,要说"熊睡觉了"。打熊的枪不叫枪而叫"呼翁基"(打不死任何动物的工具—吹火器)。

几根树杆,然后把熊安葬在上面。这些工作准备完毕后,就在葬熊的树下点起一堆松柴篝火,以熏除熊的尸体的邪污。这些仪式完毕后,我们就踏上了归程。

　　我忽然想起两位搞摄影的,刚才不知把猎熊的镜头摄下了没有?我一问不要紧,两个人才恍然大悟地叫了起来,原来当他们看到受伤的棕熊向我们那边扑去的时候,尽吓得不知所措,根本忘掉了他们脖子上挂着的照相机。可是现在再惋惜又有什么用呢?我故意装作一本正经地对他们说:"你们两个胆小鬼,见了个黑瞎子倒吓得丢了魂,要是老虎豹子来了,还得别人背你们呢!"这几句话虽是戏言,可他们俩竟一个个像理亏似的不作声了。我心里暗暗发笑:还说人家呢,自己刚才不也是一样吓慌了神么?一路上很少言语

猎民们在加工兽皮

的拉吉米大叔好像来了兴致,见他俩不说话,便开言道:跟山里这虎豹狼熊打交道,一不能怕,二要沉着冷静,一怕就慌,一慌就要吃亏。说着讲起了他二十年前猎熊的故事……

有一次我在山林里打猎,走累了就在一块向阳的岩石上睡着了。睡梦中,只觉有人摸脸,我迷迷糊糊地睁眼一看,吓得惊叫起来,站在我前边的是一只又高又大的黑瞎子。可我马上就冷静了下来,伸手去摸腰里插着的猎刀,说也怪,黑瞎子见我醒了倒不慌不忙地走了。约摸走出十几米远,我端起猎枪照着黑瞎子连放两枪,那家伙大吼了一声,一个跟斗,朝着坡下滚去,我想,这可真是送到手里来的猎物,正要背起猎枪准备下坡去剥熊皮,掏熊胆了,只觉得左边的林子里刮起了狂风,树枝哗哗作响,回头一看,啊!不

敖鲁古雅风情

林间溪流如同甘露,猎民用它烧水做饭。

好,是两只棕熊,一大一小,已经冲出松林。我赶紧蹲下,顺势一枪就把领头的那只大熊撂倒,再要开枪时,已经来不及了,那只小熊已经像闪电一样地扑上来了。在这紧急关头,我身子一跃闪在一边。小熊可能是用劲太猛,猛地摔倒在地。猎枪显然是没有用武之地了,我便拔出腰里的猎刀准备迎接小熊的进攻。果然,那家伙在地上打了个滚便又翻身扑来,我又向右边一躲,这一次没有躲开,一只熊掌打住我的左肩,只觉肩膀像断了一样,一个趔趄就倒在地上。小黑熊马上就压了上来,多亏我的下边是一个小洼地,拿猎刀的右手还可以活动,我就将猎刀照着小黑熊的心窝捅了进去,顿时这家伙就四脚朝天了……

可能是拉吉米大叔那传奇式的故事感染了我,我不由得抬起头看着走在我们前面的这位老猎人,一种崇敬的心情油然而生。你看他已经五十多岁了,身子骨还是那么硬朗,走起路来腰杆挺直,步履矫健,铿锵有力;宽宽的脸颊,虽然布满了皱纹,却依然红扑扑的,像樟子松的树皮那样;一双深沉的眼睛,闪射着坚毅的光芒。多像一尊雕塑家手下的杰作啊!

敖鲁古雅风情

◎ 篝火晚会 ◎

据上岁数的猎民讲,鄂温克人的篝火晚会一般都是为庆祝猎业丰收的庆丰盛会,同草原上蒙古族牧民的『那达慕』相似。

敖鲁古雅风情

　　狩猎点上风餐露宿的生活不谓不苦，然而，这一切似乎都融入了鄂温克猎民诚挚好客的怡人春风之中，使我们始终感到有一种宾至如归的融融暖意。就在我们将要出山的头一天晚上，猎民们又专门举办了一次篝火晚会，使我们度过了一个欢乐的不眠之夜。

　　据上岁数的猎民讲，鄂温克人的篝火晚会一般都是为庆祝猎业丰收的庆丰盛会，同草原上蒙古族牧民的"那达慕"相似。每当春夏猎季过去，猎民们把猎获的猎物驮到交易点上换回粮食衣服和烟酒以后，所有的猎民就都赶着驯鹿集中到头一年预定的地点安营扎寨。欢庆地点一般都选在河流两岸较为开阔的草地上。这时大兴安岭的雨季还没有到来，正是森林里气候温和易于活动的季节。篝火晚会的活动内容主要是畅饮、酣歌、欢舞，也搞一些射击和角力比赛，但主要内容还是跳舞。篝火晚会是从太阳落山后开始，在预先选定的空地上，把

> 赞达拉嘎是鄂温克族民间小调、山歌之类的总称，短者数行，长者数十行，有世代流传的，也有即兴创作的，旋律简洁朴素，一般不用乐器伴奏。

早已准备好的干透的松柴有规则地堆成柴堆，等到有威望的猎民都到齐后，由晚会的主持人捧起长长的犴哨，向着太阳落下的方向呜呜呜地吹上三声，然后一声令下，一位年轻的猎人用早已准备好的火把将篝火堆点燃，围在四周的猎民们便一齐欢呼跳跃起来。不论男女老少，大家都手挽着手一边舞一边唱，唱的都是反映生产活动的民歌，跳的是传统的集体舞。人们把鄂温克猎民这样的活动叫作篝火晚会，其实不十分确切。因为，猎民们一旦跳起舞来就不再停止了。从晚上跳到天亮，又从天亮跳到又一个晚上。夜以继日，再日以继夜。谁要是累了可以到撮罗子里休息。撮罗子里摆满了大伙带来的各种食品，饿了随便吃，渴了还有烧好的驯鹿奶茶。这种欢庆活动带有狂欢性的，不管刮风下雨，不管白天黑夜，篝火不能熄灭，欢跳不能停止，直到草地上茂密的青草被人们鞋底磨完，潮湿的地上渗出水来方可结束。这种一年一度的活动,不是单单欢庆丰收;大伙还可以一起商讨议定一些生产生活中的大事,推选部族首领,制定族内规章;一年到头互不照面的猎人们,还可以利用这个良机,共叙别情,增进友谊;青年男女们更会利用这个难得的机会,互相倾诉彼此的爱慕和思念,互赠礼品,暗订终身,一起憧憬美好的未来。这样,

冬日　刘春风摄

年长日久,篝火晚会便成了鄂温克猎人传统节日,内容越来越丰富多彩,气氛也日益浓烈,成了带有某种神圣气氛和人人向往的最盛大的节日。每年的篝火晚会结束时,大家便协商议定来年晚会的有关事宜,并把下一年度篝火晚会举行的时间、地点告诉大家。猎民们狂欢尽兴之后,回到各自的狩猎点上,便又开始烤制肉干,积攒驯鹿奶酪,缝制新衣,满怀喜悦和

期待之情，为下一年参加这一盛会做准备。因此，几天的篝火晚会是对鄂温克猎民一年生产生活的一次检阅。有时候，一次篝火晚会要连续十几天，一般都在一个星期左右。等到活动结束，猎民们带来的食品都吃完了，大伙便互赠礼品，然后依依不舍地牵着驯鹿回自己的猎场去了。一年一度的篝火晚会也曾中断过，那

点燃篝火跳起舞，歌唱猎乡新生活。

是从沙俄殖民者和日本侵略者窜进大兴安岭的密林之后，鄂温克兄弟遭到侵扰和杀戮，宁静和平的生活被破坏了，猎民们的生存受到了威胁，哪还能再去娱乐呢？然而，热爱生活能歌善舞的鄂温克猎人虽不能聚集在一起举办大型的娱乐活动，三户五户的狩猎点上的篝火晚会却依旧经常举行。每当遇上喜事或朋友光临，他们就点旺篝火彻夜狂欢。现在篝火晚会已经

变成猎民们经常性的文艺活动了。

这一天,几个十几岁的小伙子,整个下午就到林子深处拣那些干透的松柴。太阳还没落山,小伙子们就用拣回来的松柴在狩猎点中间的空地上垒起了一人高的火堆,干透了的松木棒啪啪叭叭地作响,狩猎点四周被浓烈的篝火照得一片通红。猎民们像过节一样,穿上崭新的衣服,尤其是年轻小伙子和姑娘们更是特意打扮了一番。大家吃罢饭,便都自动围在篝火旁。几个年轻小伙子手里还拿着"列巴",显然,他们对篝火晚会已有些急不可耐了。当大伙都到齐之后,晚会的积极筹办者,鄂温克族里有名的善歌善舞者安刀从人群中站出来唱道:

> 燃起这熊熊的松柴火,
> 为的是照亮老林的夜空;
> 父老兄弟欢聚在这里,
> 为的是欢迎远方的客人;
> 贵宾要不嫌俺鄂家人粗鲁,
> 咱们就手拉起手来跳到天明。

安刀歌毕,"嗨哟!"——大伙一声齐应,然后便拥到一起,拉起手来,围着篝火,自左向右边唱边舞起来。果士克对我说,这种集体舞,叫"欢乐之火"舞,鄂温克人老老少少男男女女都会跳。我是既不会唱又不会跳,但在猎民们盛情

果士克是鄂温克猎民中的第一个大学生,他既是新选任的副乡长,又是汽车驾驶员。

感动下,也不由自主地加入到队列中。我仔细观察,猎民们的舞蹈动作大都是反映打猎、采集、养鹿等生产活动的,舞姿十分健美,带有浓厚的民族特色。四十多岁的安刀,红红的脸膛,鹰一样明亮的眼睛,鹿一样强壮的体格,是一位标准的猎人;可真没想到,他还是位能歌善舞的高手,看他那干练的、娴熟的舞姿,同他在猎场上的神态,判若两人。歌唱的内容听不懂,因为他们都是用鄂温克语唱的,不过从他们的表情上可以看出,好像是即兴而唱没有固定的内容,大家的声音参差不齐,但旋律和韵味十分协调。唱着唱着好多人便放声欢笑起来。歌唱的节拍越来越

鄂温克族崇拜天鹅,"天鹅舞"是妇女们最常跳的舞蹈。舞蹈者以红布做盖头,着白色披肩,模仿天鹅的动作和声音。传说天鹅曾在战争中帮助过鄂温克族。

快,舞蹈跳得也越来越快,以至我这个乱蹦哒的人在出了满身大汗之后而不得不精疲力尽地退到一边。主人为了"照顾"客人,集体舞便停下了,然后由安刀跳起了名字叫"狩猎"的独舞。安刀已是四十五岁的中年人了,可跳起舞来敏捷得像

转场途中

一头小鹿,时而快步如飞,像追逐奔跑在林中的野兽,时而机警应敌,像是在同一只黑熊激烈地搏斗。安刀的舞,博得大家阵阵掌声,小伙子们还吹起口哨助兴。安刀跳罢,青年猎民瓦罗吉上场了。瓦罗吉主动走到篝火旁,绕场向大家敬了个礼,便随着几个青年人的歌声起舞了。他跳起舞来风趣、幽默,舞步轻盈、欢快,颇有点像俄罗斯舞蹈的味道。人们介绍说:瓦罗吉跳的独舞是他自己创作的。小伙子平时沉默寡言,不多说话,可是心里却像山泉般明亮清澈,他的舞蹈是反映猎民们欢庆丰收情景的。他越跳节奏越快,站在外边的一些年轻人竟被感染了,也都原地动了起来,伴唱者也从开始的几个人发展到几乎全场人都唱了起来。旋即,青年们全都进了场,跟在瓦罗吉后边,一起狂烈飞舞,

早春　刘春风摄

纵声高歌，火光映着长长的众多狂舞者的身影，松风把海涛般的歌声，送向浩渺的星空！

多么令人激动的森林之夜啊！真没想到鄂温克猎民——那些在狩猎场上的威武大汉们跳起舞来却是那么轻盈自如，如醉如痴。舞蹈，作为一种来自于人们生产生活的古老艺术，在许多地方已完全变成舞台上的欣赏品了，民间很少见到。可是，在这边塞老林里却是这样普及，这么有生气，尽管他们的舞姿不算婀娜，许多动作还略显简单，但是，生活中应该有舞蹈，生活需要舞蹈！她带给人的毕竟是愉悦、欢乐和美的享受！

鄂温克姑娘

敖鲁古雅风情

◎ 采红豆 ◎

翠绿的枝蔓下结满了一粒粒晶红透亮的小果实,像是一串串闪着奇光异彩的红玛瑙。要不是撩起枝蔓,那艳红晶亮的果实是不会被人发现的。伊佳随手摘下几颗又大又圆的红豆,递到我们手里要我们品尝。我细细地咀嚼着,那香味似葡萄又香过葡萄,那甜味像荔枝又浓过荔枝,真是香甜皆俱,别有一番风味。

敖鲁古雅风情

我们到敖鲁古雅的那些天,正是鄂温克姑娘们忙碌着采红豆的季节。这时节,是大兴安岭里最迷人的时候,白桦树由绿变黄,灌木丛渐渐抹上一层红色,樟子松则依然青翠葱茏。鄂温克姑娘们穿着五颜六色的短袍,挎着桦树皮编制的红豆篮,像林间的云雀一样唱着歌儿穿行在山野密林。

一天,我们几个起了个大早,一个叫伊佳的姑娘领着我们到山里去采红豆。原始森林里行路可真艰难,上面是密密麻麻的树木,下边是盖满柴草的沼泽,不是上边挡住去路,就是下边陷进泥潭。可伊佳却像一只快活的小鹿穿行在林间。当我们不小心陷进泥水里,她便咯咯地笑着把我们拉出来,有时被蔓藤一样的枝条缠住了,她又咯咯地笑着拨开了树枝……就这样,经过三个多小时的跋涉,等到我们到了目的地,都已汗流浃背,浑身无力了。

这是一块林间空地,也是森林里少有的能见到太阳的地方。几天的密林生活,突然见到了太

采摘红豆的鄂温克妇女。

阳,有一种暖融融的感觉。"这就是我们要采摘的红豆。"伊佳见我们总是环顾四周的景色,冲着我们咯咯地笑着说。在我们的猜想中,红豆应该像别的浆果一样,长在树上或是藤蔓上,可这里却是一块平坦坦的开阔地,哪会有红豆呢?伊佳似乎看透了我们的心思,便蹲在地上,拨开那矮矮的绿色枝蔓,又是咯咯地笑着说:"你们看!""啊!"我几乎惊叫起来。翠绿的枝蔓下结满了一粒粒晶红透亮的小果实,像是一串串闪着奇光异彩的红玛瑙。要不是撩起枝蔓，那艳红晶亮的果实是不会被人发现的。伊佳随手摘下几颗又大又圆的红豆，递到我们手里要我们品尝。我细细地咀嚼着，那香味似葡萄又香过葡萄，那甜味像荔枝又浓过荔枝，真是香甜皆俱，别有一番风味。

听到红豆这个词，我便想起了儿时背颂的"红豆生南国，春来发几枝。劝君多采撷，此物最相思"的诗句来。起初，我以为这里的红豆就是王维《相思》诗里讲的红豆，可是转念一想，明明诗中写道"红豆生南国"，怎么在这北国兴安岭也出来红豆了呢？后来一打听才知道，这里的红豆是汉族同志根据其色鲜红，其状像豆而随口叫的，它同王维诗中的红豆是两回事。其实，

山丁子

在林中上蹿下跳的松鼠。

鄂温克猎民把红豆叫做牙格达，意思是水灵灵的果。它遍布大兴安岭的各个峰峦，每到九月初便都红熟。红豆成熟后不脱落，不腐烂，不怕严冬奇寒，严冬腊月它的枝叶也是翠绿长青，它的果实也是晶红透亮地挂在枝蔓上，照样香甜可口。我曾请教过果士克，为什么红豆不怕严寒霜冻，严冬腊月依然像秋天成熟时那样醇甜？果士克没有直接回答我的问题，却给我讲了一个在鄂温克猎民中的传说。很古很古以前，有一年冬天，大雪铺天盖地连着下了六六三十六天，积雪像一床厚厚的被子把大兴安岭严严实实地盖住了。猎人们的撮罗子也被埋进雪里，野兽也没了踪迹。猎人们要吃的东西一无所有，他们面临着死亡的威胁。正在这个时候，天上的一位仙女下凡，非常

敖鲁古雅风情

怜悯勤劳勇敢的鄂温克猎民，于是跑进王母的百果园，把一棵樱桃树上的樱桃果全撒了下来。顿时，兴安岭的雪野上长起了翠绿的灌木丛，上面挂满了晶亮鲜红的小红豆，鄂温克猎人靠吃红豆免于死亡。从此，红豆就在大兴安岭的山山崖崖安家了。红豆救了鄂温克猎民的生命，鄂温克猎民把红豆叫仙果。

对于成年累月生活在深山老林里的鄂温克猎民来说，红豆确实是他们的佳果。来到大兴安岭深处的鄂温克猎民家做客，主人总要端出一大盘红豆，撒上白沙糖，要你解渴。由于它不怕热，不易腐，可以长期储存，鄂温克猎民还把它做成果酱，配上面粉做的"列巴"，更是十分香美的

大森林中的稠李子

早餐。红豆还是酿酒的好原料,喜好饮酒的鄂温克猎民,特别喜欢味道醇香的红豆酒。国家在林业新城牙克石专门建了红豆酒厂,生产以红豆为原料的果酒有五六个品种,深受区内外顾客的欢迎。据有关资料介绍,牙克石红豆酒,维生素含量特别高,一杯红豆酒的维生素含量等于两个苹果。每当秋天红豆成熟的季节,采红豆便成了鄂温克姑娘们十分重要的生产活动。她们采摘的红豆一部分当时拿回家里现用或酿酒,剩下的就存放在山林里的"林间仓库"里。"林间仓库"是在林木繁密且又隐蔽的地方,找几棵相连的树木,在树木的半腰用木棍架成小房子,像云南傣族的竹楼一样,只不过简陋一点罢了。采取这样的办法,一来可以预防熊瞎子的糟踏，二来到时目标明显易于寻找。等到冬天大雪封山，猎民们便赶着驯鹿拖带的雪橇，把红豆从森林各处拉回家里。一般储存到这时的红豆，大都用来做果酱。

伊佳是采红豆的能手，乡里的姑娘们没有一个能比得上她。她有一双灵巧麻利的手，只见她半蹲在地上，一手拨开枝蔓，一手飞快地采摘红豆，她和我们一齐采摘，我们的篮子底还没盖住，她的篮子已经满了。

归来的路上，我们几个都已疲乏不堪了，可伊佳还是那么欢快。她一边在前边带路，一边唱起了"采红豆"的歌：

清晨，为小驯鹿配奶。

山花烂漫

采红豆,

采红豆,采红豆,

红豆布满在深山野沟,

大雪还没来,北风还没吼,

趁着这艳阳当头,姑娘们快来采红豆。

采红豆,采红豆,

姑娘们不怕林密山陡,

有一双森林里练出的铁脚,

有一双森林里练出的巧手,

红豆年年大丰收。

采红豆,采红豆,

姑娘们快来采红豆,

采了红豆酿美酒。

红豆美酒甜如蜜,

猎民生活美如酒。

听着这甜甜的歌儿,好像把我们的疲劳给驱散了。到后来,竟然也跟着伊佳唱起来:

红豆美酒甜如蜜,
猎民生活美如酒……

宁静悠闲的猎乡

敖鲁古雅风情

◎ 望火楼——森林的眼睛 ◎

每到春秋防火季节,他就上了密林深处的望火楼,监测林海中的火情,三十年如一日,年年都在望火楼上度过。别道有一双奇特的眼睛,他站在望火楼上,能瞭望周围几十里。哪里有火情,常常都是他第一个发现。

敖鲁古雅风情

每年6月中旬,鄂温克族自治旗群众都要欢度鄂温克族的传统节日"瑟宾节",数以万计的各族民众兴高采烈地参加节日期间举行的赛马、夺宝、搏克、拉棍、拔河和赛骆驼等具有民族特色的活动。

　　就在我们要下山的头一天中午,吃罢午饭,猎民们都休息了,同行的摄影记者小方说:"几十个胶卷用了,咱自己还没有留个影呢!咱们到密林里拍几张吧!错过这机会可要后悔的。"小方这么一说,我和小杨欣然同意。我们背了照相机,向狩猎点西边的桦树林走去。

　　小方走在前边,一边走,一边四下观察景色,想选择一个最能代表大兴安岭原始森林的背景。不知不觉穿过白桦林,前边沟底是一条涓涓而流的小河,河那边是莽莽苍苍的樟子松林。樟松是大兴安岭的象征,尤其像这一片参天古松,确是少有的。在狩猎点上这么多天了,我们几个都没有单独行动过,几次同猎民们进山也没有到过这

兴安杜鹃

里。我们三个人都说："到河那边的古樟子松林里留个影是最好不过的了。"山林里的路，看去不远，可走起来就远了。站在白桦林边看樟子松林好像就在眼前，连樟松那红铜色的皮斑都看得清楚，可我们走到沟底，过了小河，爬上坡去，竟整整用了一个小时。

我们虽然个个走得满头大汗，但都还兴致勃勃，小杨和小方嘴里还哼着歌儿。就在我们正要走进松林的时候，猛然间从林子里呼地扑出一只黄色的猎狗，我们一个个都被这突然袭击吓慌了。我朝后一退，绊在一丛灌木上摔倒了，小杨和小方一把拉起我，忙着直往后退。猎狗接近我们后没有往我们身上扑，围着我们一边吼叫，一敖鲁古雅鄂温克猎乡四季皆为旅游旺季,游人可亲临其境,尽情体验鄂温克猎人的生活乐趣。

边转了两个圈子,便直扑到小杨身上,用嘴咬住了小杨的衣襟。我和小方站在一旁不知所措。还是小方喊了起来:"来人呀,来人呀,狗咬人啦!"

"哈哈哈!"不知从什么地方传来一阵姑娘的笑声,我们四下看了看,并没有人的影子,哪来的这么清脆的笑声呢?

"快救人啦,怎么还笑?"小方有点发火似的喊着。

"我的猎狗是不咬好人的!"这一次听清了,这声音好像是从树顶上传下来的。我顺着声音望去,在最高最大的那棵樟松顶上,用松树枝搭着一座精巧的小楼,隐蔽在松枝中间,不仔细看根本看不出来。一个罩着红头巾的鄂温克姑娘站在上面,有点幸灾乐祸地冲着我们笑。

"你快把猎狗喊开,我们是来采访的记者,不是坏人,这里有证明。"我有点求情似的掏出记者证来朝她挥动着。

"那我的狗为什么咬他不咬你们?"姑娘还

是不紧不慢地说。

小杨被猎狗拽着衣襟，两手举起在地上来回周旋着，大概是想挣脱，一用劲衣襟被猎狗撕了下来。他刚要向我们这里奔来，猎狗又扑上去咬住了另一边的衣襟。

"你的狗咬人怎么不管？"小杨大声喊着。

"你身上的烟火不交出来，我的猎狗是不会放过你的。"姑娘还是那么沉着地回答。

"烟火？"噢！我明白了。小杨是个烟鬼，身上装的香烟和火柴叫猎狗嗅出来了。

"小杨，快把你那些抽烟用的东西拿出来吧！"我对小杨说。

小杨也领悟了姑娘的意思，伸手从衣袋里摸出一盒火柴和半包"大前门"扔在地上。说也怪，猎狗马上放开小杨，叼起香烟和火柴退到后边。

等我们回头看时，姑娘已经下了树，朝我们走来。这是一个典型的鄂温克姑娘，个子不高，大约十八九岁的样子，穿一件像松树颜色一样的

黑绿色短袍,背一支半自动步枪。走到我们跟前,笑着向我们开了口:

"请原谅,叫你们受惊了。不过这是我们的规定,谁也不能例外。"

"例外不例外,可你放狗咬人这可不行呀!"小杨在旁边两手摆弄着被猎狗撕坏的衣襟,带着气说。

"谁叫你爱抽烟?这叫自作自受,为什么他们两位就没被咬呢?"姑娘的嘴快得像把刀。

"你管事这么宽?爱抽烟碍你什么事?"小杨摆开一副要辩论一场的架势。

"碍什么事?你要是不清楚,我就讲讲给你

听。"姑娘像是抓住什么好机会，滔滔不绝地讲开了。

"樟子松是大兴安岭特有的树种，眼前这一片又是我国少有的樟松母树林，国家现在大力发展林业，樟松又是最好的树种，沙地、坡地、山地都能生长，又好成活。樟松树籽特别缺乏，因此国家把这一片原始母树林划为稀有树种保护区，设了十几个望火楼。现在防火期已到，你把容易发生火灾的火源带进樟松林，是很危险的。要是发生火灾，我是护林员，没有完成任务是小事，可破坏了国家宝贵资源，误了国家发展林业是大事，你说碍事不碍事？"

姑娘一席话把我们说得心服口服，刚才满肚子火气的小杨也平静下来。

小方不知是被姑娘的话感动了，还是对姑娘的工作起了兴趣：

"你整天就守在这防火楼上吗？"

"我和阿爸轮着来，反正到防火季节，这里是不能离人的。"姑娘回答。

"你阿爸也是护林员？"小杨问。

"我们鄂温克猎民人人都是护林员，阿爸从解放初就当上国家护林员，一天没间断过。我们守卫着大兴安岭这块绿色宝库，就要保护好它，不能在我们手里遭到损失破坏。"

姑娘说着又上下打量了我们一番问：

"你们是不是从拉吉米大叔的狩猎点上来的？"

"你怎么知道的？"我们几乎是同声反问。

"山林里飞来一只鸟都逃不出我们的眼睛。前几天你们一进山，我们就知道啦！今天你们几个到这里来，跟猎民们打招呼了吗？"

"我们是随便出来玩玩的，马上就回去。"我回答说。

"随便玩玩？这可不行，你们没听说，今年春天上海来了几个拍电影的，离开狩猎点没几步就迷了路，差点喂了熊瞎子，闹得猎民们整整找了一天。你们赶快回去吧，说不定猎民们现在就开始找你们了。"

经姑娘这么一说，我也有点着急了。一看手表，三点多了，出来已经两个多钟头了，果士克他们看我们走了这么长时间，肯定要着急的。

留影的兴趣也没有了，我们告别了姑娘，寻着来时的小路往狩猎点返。跨过小河，正要进入白桦林的时候，果士克和何海清迎面来了。不出所料，他们已派出人四处找我们了。我们讲了遇见护林姑娘和小杨被猎狗撕坏衣服的事。果士克开玩笑似的说：

"谁要你们偷着行动呢？"

然后他和海清你一句他一句地讲起了护林姑娘和他阿爸的事来。

姑娘的名字叫连娜，阿爸叫别道，父女俩都是护林模范，别道好几次进北京参加过劳模会。解放后，国家把鄂温克猎人全部吸收为义务护林员，别道则被吸收为国家脱产护林员，从此，他就长年累月巡视在原始森林中。每到春秋防火季节，他就上了密林深处的望火楼，监测林海中的火情，三十年如一日，年年都在望火楼上度过。别道有一双奇特的眼睛，他站在望火楼上，能瞭望周围几十里。哪里有火情，常常都是他第一个发现。连娜从小跟着父亲护林，也练就了护林员特有的本领——一双铁脚和一双千里眼。一九七九年春季，连娜站在望火楼上发现四十里外的额尔古纳右旗原始森林起火，她只用了八个多小时，奔走了一百多里山路，赶到林管局防火指挥部报告了火情,山火被及时扑灭。去年国家建立了樟松母树保护区,就把看护任务交给别道和连娜父女俩。几天以后,高高的望火楼在樟松林子里建起来了。从此,别道和连娜父女俩每天都守护在望火楼上,风雨无阻,一年多了,方圆十多万亩的樟子松保护林没有遭到一次火灾。人们说,别道父女的望火楼像是给樟松林安上了一只眼睛。

望火楼——森林的眼睛,多么形象的比喻啊!其实,守卫在大兴安岭中的鄂温克猎人不就是那茫茫林海中的一只只明亮的眼睛吗?是啊,他们世世代代生息在大兴安岭,有他们在,大兴安岭就会涛声不息,青山长在。

猎民们骑着驯鹿转场。

敖鲁古雅风情

◎ 柳芭姑娘 ◎

他们缝制的衣服、手套、皮靴上,都要印制上美丽的花纹,颜料也多是就地取材,有的是树籽,有的是草灰,还有的是兴安岭上各种花草的汁液。他们自己制作的骨鞍,桦皮篮,桦皮盒,大都制作十分精巧,像是工艺美术品。

可能是因为鄂温克猎民的纯朴和热情,在这里短短的几天,我们几个"客人"便像主人一样无拘无束了,他们干活,我们也凑过去干活;他们说笑,我们也挤过去说笑,以致猎民们有话也同我们说,并不见外。一天,几位猎民对我说:"你这拿笔杆的,把我们的小画家柳芭登登报吧!鄂温克人的历史上还没有出过画家呢!"言谈中流露出一种自豪的神情。

在鄂温克人的历史上,造型艺术还没有很好地发展起来,至于专门从事画画的人才当然就更谈不上了。但是,热爱生活、热爱大自然的鄂温克人,对美有着强烈的追求,他们要美化环境,要美化生活。他们凭着朴素的审美标准和一双在生产活动中练出来的灵巧的手,在生产和生活用具上,刻画了各种各样奇特的图案。他们缝制的衣服、手套、皮靴上,都要印制上美丽的花纹,颜料也多是就地取材,有的是树籽,有的是草灰,还有的是兴安岭上各种花草的汁液。他们自己制

柳芭姑娘

作的骨鞍，桦皮篮，桦皮盒，大都制作十分精巧，像是工艺美术品。有关部门曾经准备将他们的日常生活用品，拿到北京，搞一次专门展览。我留心观察了各家各户，发现凡是自己制作的用具，几乎没有不刻着花纹和图案的，其式样有花有草，有树木山峦，有飞禽走兽，较流行的是一种叫做"奥豪尔"的花纹，图中有勾有弯，勾弯相错，像是连套野兽的绳索，又像是阻挡驯鹿的栅栏。在猎民家里，我还看到好多自制的儿童玩具，有的用桦蘑雕刻而成，有的是用桦树皮编制而成，种类多为飞禽走兽。有奔逐在林中的驼鹿、獐狍，有飞翔在高空的榛鸡、布谷，有相互搏斗的虎狼，形态各异，栩栩如生。看到这些，真使人对鄂温克人的心灵手巧惊叹不已。有人曾作过调查，在鄂温克猎民中，不论男女，都会描绘花纹和图案，尤其妇女更善长，谁要是画不出几种图案和花纹，就会被视作愚笨者和懒惰者而受到人们的指责。

敖鲁古雅风情

谁要是画出美丽的图案和花纹，就会被看做是聪明和勤劳的人，受到大家的爱戴和赞扬。小伙子们找对象，首先要看女方会不会绘制花纹和图案。因此，姑娘们一到干活年纪，就跟着母亲学习绘画图案和花纹。相传在很早以前，有个叫安尼的姑娘，长得天仙一般美丽，她整天梳洗打扮，却不愿干活，更不愿学习绘制图案和花纹。后来猎民们叫她"懒美人"，眼看二十多岁了，没有人来说亲。一天，安尼在河边梳洗，从山林里来了一位英俊的青年猎人，安尼唱起歌来向青年求婚：

柳芭姑娘在林间写生。

河里的鱼儿往水深处游,
　　姑娘啊有心难开口。

青年猎人听了回唱:

　　姑娘莫要枉开口,
　　人美手懒没人求。

　　唱罢头也没回,向密林深处走去。安尼听了羞愧难言,跳进河里。后人把这条河叫懒美人河。传说虽然很简单,然而却反映了鄂温克猎人的一种深刻的审美观点,一个人外表长得美,不能被当作真正的美,只有用劳动创造美的人才是可以让人称赞的真美。

　　鄂温克人虽然人人喜爱美术,但是,由于他们的文化还一直处于刻木记事的原始状态,美术也就只能处于十分落后和低级的阶段,而且也得不到较快的发展和提高。自从鄂温克猎民定居以后,猎民村建立了民族学校,适龄儿童都上了学。学校专门开设了美术课,这为鄂温克民族的艺术发展创造了条件,猎民子女在学校受到正规美术教育,他们中的不少人学会了画画,画山水,画动物,画人物。柳芭姑娘便成了他们中最出色的一员。

　　柳芭从小失去了父亲,母亲在乡医院工作,是鄂温克族第一代医务工作者。柳芭上学正赶上十年动乱时期。这个远离内地的猎乡小学也受到了干扰，老师不能教书，学生不能上课。小柳芭却不管这些，她迷上了美术，一有空儿就去找老师辅导。老师见她聪明，又有一股钻劲，也就特别愿意教她。

一天上午，我们来到了柳芭家。她家住着一幢"木刻楞"，窗户上的玻璃亮闪闪的，木头垒的墙壁呈黄褐色，门前有两棵洁白洁白的白桦和几棵茂葱葱的落叶松，这景物就是一幅别致的水彩画。屋子里收拾得干净利落，木头地板亮闪闪的。墙壁上挂一幅林区景色的油画，衣柜上是一尊维纳斯石膏像。柳芭正伏在桌子上画着一张"林海秋色"的水粉画，直到我们都站在她的身后她还没发觉。柳芭和其他鄂温克姑娘一样，宽宽的前额，圆圆的脸膛，穿一件镶着里边的淡绿色的鄂温克短袍，如果不是亲眼看到她刚才作画的情景，我真不会相信这个稚气十足的姑娘会画出那么逼真的画来。可能是很少接触生人的缘故，柳芭见

敖鲁古雅风情

了我们,腼腆得不敢说话,只是忙着为我们递板凳让坐,还拿出鹿肉干、牙克达来招待我们。柳芭像所有的鄂温克人一样,是个倔强的姑娘,有一股不达目的不罢休的精神。她从小爱画画,除了课堂上认真学习,每到假日便到山里和叔叔大爷们住在一起,专心致志、不知疲倦地画那滔滔的江河,茫茫的林海,画那欢蹦追逐的驯鹿和猎犬,画那整日奔忙在山林里的猎人。夏季森林里蚊子很多,她能稳稳地蹲在地上一画就是半天;隆冬兴安岭里冰天雪地,她能坐在雪地上写生两三个小时不起来。政府还几次把她送到盟里、旗里文化馆培训学习,就这样,柳芭的绘画水平不断提高。去年,她在母亲的

草原风光

带领下,专程到北京中央美术学院应考,因为文化水平低了些,没有考中。美院的老师详细询问了她的情况,看了她的习作,尤其得知她是居住在大兴安岭密林中的鄂温克猎民的后代,都很受感动,他们专门抽出时间为她进行了辅导,并鼓励她继续努力,争取来年再参加考试。考试回来,姑娘又振作了精神,重新拿起了画板。人们看到,她的钻劲更大了,热情更高了。在我们的要求下,柳芭从柜子里抱出尺把厚的一叠画稿,全是近两年来的习作。我们仔细地翻阅着、欣赏着,画作散发着浓厚的猎乡气息,充溢着大兴安岭林海特有的色彩。毫不夸张地讲,我们似乎参观了一次别具一格的名人画展。

最后，我们眼睛停留在一张《争春》的画稿上，画面的背景是春天的林海，万木争荣，生气勃勃，画面的前方是一片含苞待放的迎春花，花瓣虽没有绽开，但是那黄灿灿的蓓蕾，已经散发出诱人的香气。

告别柳芭姑娘时，我们都称赞她很有绘画天赋，很有前途，希望她持之以恒，将来成为鄂温克猎民中名副其实的画家。柳芭激动了，姑娘眼角滚动着泪花说："请你们放心，我决不辜负你们的希望，为我们民族的繁荣兴旺做出贡献。"

归来的路上，我还在回味柳芭那十分平常却让人深思的话，她把画画同民族繁荣兴旺联系了起来。是啊，衡量一个民族的繁荣与进步，固然经济状况是很重要的因素，但文化艺术也同样是一个重要的因素。多少年来，鄂温克猎民游猎在大兴安岭那茫茫的原始老林中，过着与世隔绝的生活，还受到内外反动派的盘剥和压迫，因此，长期处于经济落后、文化落后的状况。自从党和政府把他们接下山来定居后，他们的生活发生了根本的变化，对于整个民族来说是一个质的飞跃。医院建起了，国家送来了先进的医疗设备，派来了十几名经过专门训练的医务人员，猎民的生命健康有了保障。学校建起来了，猎民子弟第一次走进了自己的学校。从此，民族的土壤上播下了文明的种子。现在，在猎民后代里，中学生、中专生已不少见，大学生已有好几个了。如果再出现几个像柳芭这样从事绘画、像英山这样精通音乐的专门人才，这在鄂温克民族历史上是多么值得祝贺

◀ 驯鹿姑娘

的大事啊！

　　柳芭，鄂温克民族的优秀后代，她把她的绘画事业和民族的繁荣兴旺联系起来，我想，她的事业一定会像整个鄂温克民族的未来一样，充满无限希望。啊，勤劳勇敢而又智慧聪明的鄂温克族儿女，愿你们在祖国东北边陲的绿色林海中，共同绘制出一幅最新最美的壮丽画图吧！

午餐

（本书图片，除署名者外，均为杨慎和提供，其中多数图片拍摄于二十世纪八十年代。——编者）

兴安云海

图书在版编目(CIP)数据

敖鲁古雅风情 / 刘云山著. -呼和浩特：内蒙古人民出版社，1984.9（2010.5 第二版 2017.1 重印）

ISBN 978-7-204-09186-7

Ⅰ. 敖… Ⅱ. 刘… Ⅲ. 散文-作品集-中国-当代 ⅳ. I267

中国版本图书馆 CIP 数据核字（2010）第 045205 号

敖鲁古雅风情　　刘云山　著

责任编辑	王东生　王继雄
图片摄影	杨慎和
装帧设计	赵　洁
出版发行	内蒙古人民出版社
地　　址	呼和浩特市新城区中山东路 8 号波士名人国际 B 座 5 楼
网　　址	http://www.nmgrmcbs.com
印　　刷	内蒙古爱信达教育印务有限责任公司
开　　本	787×1092　1/16
印　　张	13.75
版　　次	1984 年 9 月第 1 版 2010 年 5 月第 2 版　2017 年 1 月第 4 次印刷
书　　号	ISBN 978-7-204-09186-7/Z·850
定　　价	58.00 元

如出现印装质量问题,请与我社联系。
联系电话：(0471) 3946120　3946173